Die Autorinnen

Die Mädels, 1971 und 1972 geboren wollten schon immer ein Buch über eine „katastrophale Familie" schreiben. So entstand „Sexofrän" und „Sexofrän(er)". Sie leben mit Mann und Hund in einer Kleinstadt und der Schreibstoff geht einfach nicht aus.

Das Schreiben hat sich mittlerweile bei den Mädels verselbstständigt. Alles Erlebte wird automatisch analysiert und zur alltäglichen Recherche gemacht. »Es bereitet uns Spass, wir funktionieren als Team. Das Schreiben über Menschen, deren Facetten und Machenschaften ist amüsant und extrem interessant. Die Dinge auseinanderpflücken, durchleuchten und bissig überspitzt zu Papier zu bringen ist grandios, fast schon eine Art Berufung.«

Mit den Büchern „Sexofrän" und „Sexofrän(er)" zeigen sie, was in ihnen steckt.

Die Mädels
Sexofrän(er)
Zum Absteigenden Ast

Bibliografische Information
der Deutschen Nationalbibliothek:
Die Deutsche Nationalbibliothek
verzeichnet diese Publikation in der Deutschen Nationalbibliografie,
detaillierte bibliografische Daten sind im Internet über http://dnb.de
abrufbar.

© 2016 Die Mädels
3. Auflage
Herstellung und Verlag
BoD – Books on Demand, Norderstedt

ISBN: 9783741295478

© Die Mädels 2016
Alle Rechte vorbehalten

Personen und Orte sind frei erfunden. Ähnlichkeiten mit noch lebenden Personen sind rein zufällig.
Personen die sich tatsächlich meinen wiederzuerkennen – unser Beileid.

Parodie einer sexofränen Familie

Für Dich…

Wahrheit ist eine widerliche Arznei;
man bleibt lieber krank,
ehe man sich entschließt,
sie einzunehmen...

                        (August von Kotzebue)

Inhalt

Was bisher geschah...
Die Sexofränen
Eisiges Vorwort
Tote Sülze
Der Holzklau *ein Rückblick
Heilige Chips
Transil Dogs
Zum Absteigenden Ast
Die Gartenbank
Rentner-Sauna
Der Hengst
Schräger Vogel
Der Rasenmähermann
Braut-Alarm
Die Reisfrau
Fetter Feta
Akropolis adieu
Griechische Sperrstunde
Irgendwo in Amerika
Bling Bling
Äh, Osternfestival
Chickeria

Wer ist Toula?
Schleifen-Verdreher
Moussaka vs. Möhren-Hölle
Over & Out
Sexoklopädie
Zukunftsratgeber
Das Wort zum sexofränen Sonntag
Danke

Sexofrän – wir haben die Leichen aus dem Keller gelassen

Was bisher geschah...

Es war einmal eine Erzählerin, die zu Lebzeiten versuchte ihre (sexofräne) Familie zu bändigen.
Oft ist es ihr gelungen, doch oft auch nicht. Aus ihrer ersten Ehe stammten die erwachsenen Söhne Dirk und Jörg, zwei Brüder, wie sie unterschiedlicher nicht sein konnten. Dirk träumte sein Leben lang von goldenen Fußnägeln und fremder Leute Geld. Stattdessen bekam er Anke, die sich schon frühzeitig ihr persönliches Machtdiplom ausstellte und ihre Mitmenschen genüsslich leiden ließ. Viel später heiratete sie dann sogar ihren Schwiegervater! Der zweite Sohn Jörg war ein stiller Mensch und hatte genug damit zu tun, seine Frau Sabine zu bändigen, die schon früh ihr Herz an Metzgers Wurst und später den Verstand an Jonny Walker verlor.
Ihr zweiter Mann Dimitri war der Erzählerin

leider auch keine große Hilfe. Dimitri hatte seine griechischen Wurzeln komplett hinter sich gelassen, was man allerdings nach über 40 Jahren Deutschlandaufenthalt seiner Aussprache nicht wirklich anmerkte. Im Laufe der Zeit hatte er sich eine eigenartige Frisur als auch eine eigene Sprache kreiert, man musste ihn kennen, um das zu verstehen. »Äh…du bisse woll sexofrän, äh…de Läbe isse keine Wunschkontrast…« Soll heißen: Du bist wohl schizophren, das Leben ist kein Wunschkonzert! Dimitri mähte gerne Rasen, lobpreiste sich und seine Taten in epischer Länge und später heiratete er sogar seine Schwiegertochter Anke! Als Zugabe bekam er obendrauf Michaela, Ankes jüngste Tochter und Verbündete.

Seiner und der Erzählerin gemeinsamen Tochter Sandra fehlte von Anfang an der Draht zu ihm. Sie fühlte sich mit ihrer Mutter und Claudia, ihrer Nichte, verbunden. Besonders Claudia und Sandra waren ein eingeschworenes Team und sind es bis heute.

Dann starb leider die Erzählerin, und mit ihr sämtliche Regeln, Etiketten und die Harmonie. Was anfangs noch fast harmlos begann, nahm eine „sexofräne", teilweise zum Schreien schreckliche, komische Wendung

Die „Sexofränen"

Dimitri
Seines Zeichens Gastarbeiter, bekennender Jeanshasser mit zwei linken Händen.
Stets bereit sich seine eigene Welt, Frisur und Sprache zu kreieren.
Freunde: Familie Sülze
Vater von Sandra
Verheiratet mit Anke

Anke
Dimitris neue zweite Frau und frühere Schwiegertochter.
Besondere Merkmale: Perfekt, intolerant, Machthaberin, Bettenmacherin.
Mutter von Michaela und Sandra

Dirk
Dimitris (Stief)Sohn aus erster Ehe.
Ex-Mann von Anke.
Hinterlistiger Gaukler und Rollenspieler.
Dem Geld sehr zugewandt.

Beißt Fischen gern die Köpfe ab.

Jörg

Dimitris (Stief)Sohn aus erster Ehe.
Liebes Wesen.
Mag seltsame Frauen.
WG-Gründer und Schlafplatz-Anbieter.
Ex-Mann von Sabine.

Sabine

Ex- Schwiegertochter von Dimitri.
Jörg`s Exfrau.
Selbsternannte Brautmodenträgerin, überwiegend sternhagelvoll.

Kasimir

Enkel von Dimitri.
Sohn von Jörg und Sabine
Verheiratet mit der Brumme.

Michaela

Enkeltochter und Stieftochter von Dimitri.
Tochter von Anke und Dirk.
Extrem hyper(un)aktiv.

Motto: Keine Verpflichtungen, Party und Programm von morgens bis abends.
Burn-out vom Nichtstun.
Verheiratet mit Harry.

Harry
Stief-Schwiegersohn von Dimitri.
Kettenraucher, bekennender Kasino- und Kirmesfan.

Die Mädels
Claudia:
Enkelin und Stieftochter von Dimitri.
Tochter von Anke und Dirk.
Schwester von Michaela
Blutsschwester von Sandra.
Verheiratet mit Arndt.
Sandra:
Tochter von Dimitri.
Stieftochter von Anke.
Schwester von Jörg und Dirk.
Blutsschwester von Claudia.
Verheiratet mit Hubi.

Mit dummen Menschen zu streiten, ist wie mit einer Taube Schach zu spielen.
Egal wie gut du spielst, die Taube wird alle Figuren umwerfen, auf das Brett ka.... und herumstolzieren, als hätte sie gewonnen!
In diesem Sinne, Vorhang auf für Teil 2

Eisiges Vorwort

Es war Winter. Dimitri ging wie immer seiner Lieblingsbeschäftigung, dem Schneeschippen nach, als die verschneite Satellitenschüssel sein Sichtfeld kreuzte. Unschuldig und eingeschneit hing sie da. Sofort rückte ihr Dimitri mit brachialer Feinmotorik auf die Pelle und klopfte sie mit der Schneeschaufel frei. Als er gerade so richtig in Fahrt gekommen war, haute er zusätzlich gleich noch den vereisten Sat-Empfänger aus der Halterung. Dieses Missgeschick verdrängte Dimitri großzügig, als er selbstbewusst sein warmes gemütliches Zuhause betrat.
Dort erwartete ihn bereits seine aktuelle Angetraute, die unerlässlich auf der TV-Fernbedienung herumhämmerte. »Was ist denn nur mit diesem Mistkasten los, alles schwarz! DIMITRI, was hast du wieder getan, du Nichtskönner!« Anke baute sich vor

ihrem Göttergatten auf und umkreiste ihn bedrohlich. Dem Griechen brach der Angstschweiß aus, so hatte er sich das Eheglück mit seiner Holden nicht vorgestellt und nun hieß es für ihn, rette sich wer kann...

Tote Sülze

In der Hoffnung, dass ihm geöffnet wurde, wartete Dimitri ungeduldig und panisch umherblickend, vor Schwager Sülzes Haustür. Mit betretener Miene öffnete ihm Tochter Sülze, Dimitri stürzte wortlos an ihr vorbei. Erleichtert schwang er sich zu dem schlafenden Schwager aufs Sofa und haute ihm freundschaftlich aufs Knie. »Ruhst aus, machste richtig. Ich flücht vor de schönst Anke, flippte widder wie de Gorilla, äh.« Tochter und Witwe Sülze erstarrten. Plötzlich trat der anwesende Dorfpfarrer, wie aus dem Nichts, in Erscheinung. Er empörte sich: »Gotteslästerung! Mit Toten scherzt man nicht, Herr Dimitri.« Der Grieche wurde bleich, er bestaunte den in Frieden Ruhenden, sammelte sich aber sofort. »Äh, passte wie de Faust aufe Topf, prerfekte Zeit, Sülze gäht und zack iche bin da.« Tochter Sülze rang innerlich um Fassung, dann verwies sie Dimitri des Hauses. Ihre Mutter, Witwe Sülze, winkte ihm apathisch hinterher. Hier konnte er also auch nicht bleiben, enttäuscht machte sich Dimitri auf den Rückweg. Fast am Haus angekommen, brach ihm zum wiederholten Mal der Angstschweiß aus, als ihm seine Stieftochter und Enkelin, Michaela, sirenengleich entgegenschrillte: »Wo bleibst du, wir wollen in die Spielhalle und anschließend müssen wir noch bei meiner doofen Schwester Claudia Holz klauen, da liegen Bäume auf dem Grundstück. Von nichts kommt ja nichts. Du passt auf die Kinder auf und Ende, Mama duscht.« Dimitri wehrte sich, »wasse hirr widder los? Machste royales Kasino? Nimmste Kinders mit, fertig! Iche musse beten, de Sülze isse in Himmel« und dann spazierte er, die Hände zum Gebet gefaltet, an der keifenden Michaela vorbei. »Na und? Zur Kenntnis genommen. Leute sterben, ist so, weiß man, keine Neuigkeit. Verdirb mir mit deinem Todesgefasel jetzt bloß nicht die Laune!«

Kaum hatte der Grieche die Höhle der duschenden Löwin betreten, stand diese auch schon in ein Frotteezelt gehüllt vor ihm. »Was fällt dir ein, einfach eigenmächtig das Haus zu verlassen, ich war noch lange nicht fertig mit dir.« Dimitri wimmerte. »Äh, biete, starkes frisches Frau, haste ja immer rechts, aber de Sülze isse tot, hat inne Grass gebiss, zack, so isse de Läbe.« Doch Anke blieb unbeeindruckt. »Das wurde jawohl auch Zeit, der konnte eh kein Auto mehr fahren, der Blödmann!« Dimitri bemerkte, wie Ankes Laune zu kippen drohte. Er wollte die Situation retten und legte übereifrig „sexofräne" Entspannungsmusik auf, da erschien Michaela. Sie stellte die Kinder im Wohnzimmer ab und verschwand wortlos.

Rückblick - Der Holzklau

Ausnahmezustand! Nach unzähligen Stürmen, hatte der Baum, der jahrelang lustig auf der Grenze zu Claudias und Arndts Grundstück in die Breite und Höhe schoss, das Zeitliche gesegnet. Auch die Stadt-Holzfäller hatten ein Einsehen und rückten dem Gewächs mit sämtlichen Gerätschaften auf die hölzerne Pelle.
Claudia beobachtete die Holzfällarbeiten vom Fenster aus, als sie ein Auto sichtete. Aus diesem Auto stieg ihre Schwester Michaela. Von Kopf bis Fuß war sie mit überdimensionalen Blumenspangen versehen. Überfreundlich textete sie auf die Arbeiter ein. Wortfetzen drangen an Claudias Ohr. Michaela hatte wohl auf dem Weg zum Nagelstudio die Holzfäller entdeckt und sofort an einen kostenlosen warmen Winter gedacht. Doch Fehlanzeige! Die Arbeiter erklärten ihr, dass das

nicht möglich sei, da es sich nicht um privates Holz handeln würde, sondern um bereits verkaufte Händlerware. Michaela war perplex, Absagen vertrug sie nicht. Beleidigt stieg sie ins Auto und raste davon. Claudia lachte sich ins Fäustchen. Als sie später den Arbeitern Kaffee servierte, wurde sie sogleich vor einer dreisten „frisch geschossenen Kirmesblume" gewarnt, die, so schien es, einen Holzklau ins Auge fasste. »So Frau Claudia, wir sichern hier alles ab. Sie wissen Bescheid, also Vorsicht. Sie nehmen sich natürlich was sie brauchen, der Rest wird morgen abgeholt.«

Zur späteren Stunde, Claudia und Arndt hatten es sich auf dem Sofa gemütlich gemacht, ertönte von draußen lautes Gepolter, Motorengeräusche und Partymusik. Irritiert schauten die beiden nach dem Rechten. Was sie dort sahen verschlug ihnen die Sprache. Michaela, ungewöhnlich emsig, und Harry luden in Teamarbeit das verbotene Holz in den Kofferraum. Einfach so stopften sie es Reden schwingend hinein! »Die wollen es ja nicht anders. Wir lassen uns doch nicht fremdbestimmen!« Erst als das Auto zum Bersten gefüllt war, sie einsteigen wollten, erblickten sie Claudia. Kurz überrascht, auf den ersten Blick eine Idee eingeschüchtert, fuhren sie trotzdem selbstzufrieden grinsend mit der Beute davon. Claudia und Arndt schauten sich an. »Es soll ja niemand frieren, wie lächerlich.«

Die Diebe waren gerade wieder Zuhause angekommen, da verdonnerten sie kurzum Dimitri, den Wagen vom Diebesholz zu befreien. »Und wenn auch du nicht frieren möchtest, dann beweg deinen griechischen Hintern. Räum und saug die Karre aus klar?!« Mit dieser deutlichen Ansage marschierte Michaela an Dimitri vorbei und schloss sich zusammen mit ihrem Lover in der Wohnung ein. Wütend lud Dimitri die Holzberge aus. »Äh, nachts Holz besorgte. Wo kaufte Holz nachts? Alle verrück-

te. Man man man. Liegens nur rum und nachts werde fleißigst. Wie de Vatters Dirk. Kriminelle alle, Äpfel falle nichts weit von de Baum, isse Beweis äh.«
Am Tag darauf besuchte er heimlich Claudia. Er berichtete erschöpft von der Neuigkeit, die sich in diesem Irrenhaus zugetragen hatte. Claudia lauschte und erzählte ihm die wahre Holz-Geschichte. Dimitri konnte es kaum glauben.»Gehens balde alle in Schrott und spezielle Kittchen. Isse wie Film, kannste Buch schreibe. Gucke nich mehr durch, altes Lumpengerinsel, tztztz,«
Nach diesem Event glühte die Telefonleitung. Claudia informierte Sandra in allen Einzelheiten über diesen „sexofränen" Holz-Vorfall.»Grundgütiger…«

Heilige Chips

In der sengenden Hitze, hinter einem Baum versteckt, kauerte eine dunkelgekleidete, Rosen tragende Gestalt und beobachtete aus sicherer Distanz Sülzes Beerdigung - Dimitri! Da öffnete sich auch schon die Kapellentür und voraus schritten die Sargträger. Unter diesen befand sich auch die „Brumme", die eine Seite, so erweckte es wenigstens den Eindruck, pfeifend alleine wuppte, während auf der anderen Seite mehrere gestandene Männer fast zusammenbrachen.
Direkt hinter dem Trauerzug flanierten Dirk und seine Holde, Zündi 48. Jawohl, flanierten! Zündi war herausgeputzt, dass selbst Alexis aus dem Denver Clan blass vor Neid geworden wäre. Jämmerlich eingehakt schliff sie Dirk, im Smoking und mit Zylinder, hinter sich her. Hinter diesen selbst ernannten Ehrengästen, taumelten Tochter und Witwe Sülze zum Grab, dicht verfolgt von Michaela

und Harry. Letztere waren unpassend gut gelaunt und in dunkle Partner-Jogginganzüge gehüllt. Kirmes-Gliederketten hüpften klirrend an ihren Hälsen und glänzende Spiegelbrillen verzierten ihre Antlitze. Die Beiden quietschten vor Vergnügen, denn zuvor hatten sie den Jackpot von 17,50€ in ihrer Stammkneipe geknackt. Den Abschluss bildete Sabine, die extrem beschwingt umhertänzelte. Sabine war offensichtlich in Feierlaune, ein letztes Schlückchen in Sülze-Ehren musste sein.

So stolzierte diese Chaos-Gesellschaft gen Sülzes Grab und lauschte den heiligen Pastorenworten. Untermalt wurden diese göttlichen Worte von gelangweilten Gesichtern und zischenden Kronkorken. Zur Krönung reichte die Brumme eine Chipstüte weiter, was Sabine wiederum anspornte ihren Flachmann kreisen zu lassen, den sie plötzlich aus ihrer angegrauten Kittelschürze zauberte. Den vor Aufregung schwitzenden Dimitri entdeckte niemand. Als ein wenig später tatsächlich Krümel und Korken im offenen Grab landeten, kürzte der Mann Gottes blitzartig seine Rede ab und verabschiedete hastig die Gäste. Schnellen Schrittes raste er Richtung Kirche und bat „den Allmächtigen" um Vergebung. Was hatte der Herr sich nur bei der Erschaffung solcher Kreaturen gedacht? Heilige Mutter Gottes!

Ein paar Sicherheitsminuten später traute sich Dimitri hervor. Er setzte sich ans Grab und ließ die Beine baumeln. »Äh, hastes mich nich für Abschied gelade. Na, isse wohl de letzte Wünschs und de Wille, ich Respekt unde verzeihs dir Schwagger Sülz.« Mit den Worten »man siehts siche« verließ er den Ort des Friedens.

Zündi 48, Dirk, Michaela und Harry trafen sich nach dem Fest umgehend um zu besprechen, wem was von Sülzes Nachlass zustand. Listen wurden erarbeitet, Diagramme erstellt und Pläne geschmiedet. Zu diesem spannenden Thema servierte Zündi ihren weltmännischen Tiefkühlkuchen und Thüringer-Mettbrötchen. Euphorisch wurden bereits im

Geiste Großbestellungen in Autohäusern getätigt und Kreuzfahren gebucht. Michaela ließ sich wahrhaftig ein Paar Rottweilerrüden aus einer Hundezucht in Rumänien zurücklegen! Jetzt wo es bald Bares regnen würde, war alles erlaubt. Wie die Sippe darauf kam zu erben, obwohl ihnen gar nichts zustand? Eine wirklich berechtigte Frage.

Die Mädels und Jörg trafen sich abends auf dem Friedhof um sich in aller Ruhe vernünftig und normal vom Onkel zu verabschieden.
…und wer hier tatsächlich Anke vermissen sollte, die war leider unpässlich und nicht wirklich bester Laune.

Transil-Dogs

Ein Tag nach der Beerdigung war vergangen. Michaela und Harry zwängten sich in ihre Langfahrten-Wellnessanzüge und dann ging es auch schon fast los. Ihr Heim verließen sie unaufgeräumt. Essensreste und Geschirr türmten sich. In allen Ecken machten es sich Dreck und Ungeziefer gemütlich. Es roch. Aber das war egal, denn bald sollten hier schließlich zwei Hunde für Zucht und Ordnung sorgen. Ziel war Rumänien, dort warteten bereits die Rottweiler und zahlreiche Schwarzmarktartikel von feinster Qualität. Die Kinder wurden Dimitri auf die Augen gedrückt. »Wir fahren jetzt nach Rumänien unsere Doggys holen. Und du kümmerst dich gefälligst um meine Kinder und glotz nicht so. Die Haustür müsste auch mal abgewaschen werden und eine Liste, mit Dingen die du sonst noch zu erledigen hast, liegt im Flur. Los, die Kinder haben Hunger.« Dimitri jappste. »Äh wasse Hunds holle? Biste verrücktes Frau, ganze schwerwiegend verrückt. Nix kümmerst dich, nixe geregelt, de Kinders nicht unde jetz Hunds? Du unde Harry Katastroph, alle Sperrmüll unde „sexofrän" in de Kopp. Jetzt schmirre Toaste for de Kinders. Gutes Reis.« Bromms, Dimitri knallte die Haustür zu und Michaela startete unbekümmert den Motor. Plötzlich stürmte Anke zum letzten Gruß aus dem Haus, zeitgleich drückte sie den Abreisenden eine große Reisetasche durchs Autofenster. »Gerne hätte ich diese Tasche prall gefüllt zurück. Kauft für mich, egal was und wie unnütz, Hauptsache das Teil ist voll bis zum Rand. Ich brauche und horte einfach alles, Küsschen meine Liebsten.« Da rastete Dimitri aus: »WASSE Klamottos in de Tasch. Immers mehr, keines Blatt mehr passe in de Schränks. Du mussest gähn zu Ärzte, Schizologe!« Anke hasste zurück: »Wie bitte mein Freundchen, bist du lebensmüde, so mit mir zu sprechen? Keiner traut sich das! Was interessieren dich überhaupt unsere Schränke. Lass deine Wurstfinger bloß in der Hosentasche.« Wutentbrannt marschierte der Grieche schnurstracks zur einzigen Telefonzelle im Dorf und wählte die Nummer seiner Tochter Sandra.

»Hallo?«

»Äh?

»Vatter?«

»Isse in Transil und holte Babys. Anke mit Tasche voll Schrott. Und de flippte widder wie de Berserker. Ich binne ein Nichtsnütziger!«

Sandra holte tief Luft. »Vatter, ich will nichts mehr von diesen Leuten hören. Was ist denn um Himmels Willen Transil? Neue Pillen für dich?«

»Äh wasse, nixe Pille, is de Hundsrass, T r a n s i l kennte jeders, biste dumm, nix in Geograf aufgepasst äh?«

»Scheinbar nicht Vatter.«

»Sandra! Transil de Hause von de Draculas!«

»TRANSSILVANIEN?!?«

Dimitri flippte euphorisch aus. »Ja sichers meines Tochter, gute Sandra, richtig. Transils, genaus!«

Augenverdrehend beendete Sandra dieses geistig kreative und unglaubwürdige Telefonat.

Wenige Tage später zogen die Hunde ein. Anke raste den Tieren mit einer frischen Willkommens-Bratwurst behangen entgegen. Zuvor hatte sie Haus und Hof geschmückt und überall die weltbekannten „Ein Herz für Tiere" Aufkleber angebracht. Anke war eine echte Innendesignerin! Dimitri begaffte das Ausmaß der Dekoration und erschrak. »Du böse Hex Anke, du nixe tierlieb, NIE! Wasse hirr for Schauspiels äh? Kapiere nixe mehr.« Anke fauchte ihren Angetrauten an. »Was? Ich habe ein Herz aus Gold, jeder weiß das und liebt mich für meine Großherzigkeit. Du hasst wohl Hunde. Und jetzt lass mich, ich muss meine Tochter und meinen Schwiegersohn empfangen. Sieh du mal lieber zu und mach dich nützlich. Kauf ein, wir haben gleich alle Hunger. Geh in die Pommesbude, oder sonst wohin, nur geh!!!«

Dimitri tigerte los. Natürlich hätte er sich auch wehren können!...hätte...können...

Zum Absteigenden Ast

Eine Woche nach Sülzes Beerdigung und schon das nächste Ereignis. Kasimir lud zur Pinkel-Party ein, denn seine Wuchtbrumme hatte ihm Nachwuchs spendiert. Dieses wollte er feiern und zwar, auf Empfehlung seiner Mutter Sabine, im „Zum Absteigenden Ast"! Auch die Mädels wollten sich das nicht entgehen lassen und trabten an. »Zum Absteigenden Ast haha, hier bleiben wir garantiert nicht lange.«

Am Tag der Feier gesellten sie sich in eine etwas abseits gelegene Ecke und warteten auf die Milieu geschädigten Gäste. Lange dauerte es nicht, da trudelten die ersten VIP`s ein. Michaela und Harry im besten Kirmesdress. Zündi in ein kaschierendes Wickelkleid gedreht, wurde von ihrem Alleinerben Damian begleitet. Dieser schmiss rotäugig im Sekundentakt seine Scheitelpracht in Form und linste blasiert in die Runde. Dirk, sein Vater, winkte nur schnell in die Menge und verschwand hinterm Ast-Tresen um sofort die wildesten Getränke zu mixen. In der dunkelsten Kneipenecke lungerte Sabine, angeschickert tanzte sie zu imaginären Liedern. Sie lechzte danach, sich vom Schwager Dirk Seemannsgarn und Erbfantastereien vorgaukeln zu lassen. Den Abschluss bildeten Dimitri, der von zwei Rottweilern schweißnass zum Ast gezerrt wurde, und Anke, die nur einen Blick riskierte und mit den Worten »den langweiligen Scheiß kannste alleine begucken, alles Asoziale hier« entschwand. Dimitri war nicht böse drum, er erblickte seine Tochter Sandra und Enkelin Claudia und schloss sich ihnen an. »Äh wasse Atraktions hirr, hatte schwer wiegendes Frau geschaffte äh! Anke gäht's auch einfachst. Müsste ihr miche fahre nach Haus. De Anke wartet süchtigst auf mir.« Gott sei

Dank wurde sein Geschwafel vom dröhnenden „Eine Mark für Charlie" unterbrochen. Dirk hatte die Juke Box aktiviert, griff sich Sabine und sang. »Eine Mark für Dirki, denn Dirki der ist supi...« Gleichzeitig ließ er eine Sammelbüchse rumgehen.

Während die billige batteriebetriebene Nebelmaschine glühte, stöckerte Zündi energisch auf Dirk und Sabine zu. Dann feuerte sie lautstark um sich. »Gut, dass Jörg nicht hier ist, der hätte sich in Grund und Boden für diese fette und dumme Verwandtschaft geschämt. Und du bist natürlich auch wieder in deinem Element, muss ja gemütlich sein mit der dösigen Sabine.« Dirk schob Sabine zurück Richtung Barhocker und heuchelte sich heraus. »Mein ergebenstes Thüringer Mett-Schnäuzchen, natürlich, wir schämen uns doch alle für diese Verwandtschaft! Ich markiere doch nur, du weißt wie missgünstig ich bin und ich mache alles mit Hintergedanken. Ach, die Sabine quetsche ich doch nur aus, hier geht es um Kohle. Die Angelegenheit macht mich schon ganz nervös, ich sage nur *mein* Onkel Sülze-Erbe.«

Zündi lenkte ein. »Ich verstehe, ich ticke ja genauso, aber was hat Sabine damit zu tun? Das ist unser Erbe, unseres ganz alleine, du Schwätzer. Und übrigens, du schläfst heute in der Garage!« Zündi beendete soeben diesen Befehl, als Sabine gackernd vom Barhocker kippte und wie von Geisterhand Howie „Dann geh doch" durch die Spelunke krakelte. Und weder Dirk, noch seine Zündi bemerkten, dass die in ihren Augen fetten und unterbelichteten Gäste jedes einzelne Wort gehört hatten und somit blickten sie verwirrt drein, als sie von Kasimir vor die Ast-Tür geleitet wurden.

Wie man hier sehen konnte, war wieder alles wie immer. Den Mädels reichte es, sie hatten genug und gingen nach Hause.

Die Gartenbank

Knapp zwei Wochen nach der Beerdigung hielt es Dirk nicht mehr aus. Seine bereits im Internet zum Bersten gefüllten Warenkörbe warteten nur noch auf „Senden". Und heute war es soweit, Dirk war bereit für seinen persönlichen Geldregen. Voller gieriger Vorfreude krallte er sich seine „Adams Family", machte sich auf den Weg zu Tante Sülze und klingelte an der Tür. Witwe Sülze öffnete und war einigermaßen erstaunt. »Ach was, welch seltener Besuch. Dann kommt mal rein. Außerdem habe ich doch glatt noch was für euch. Zufälle gibt`s…«
Mit wässrig glänzenden Augen trabten sie gierig Richtung Wintergarten und nahmen Platz. Zündi, ohne jegliches Feingefühl, übernahm das Wort: »Ihr konntet tatsächlich schon alles klären und erwar-

tet uns sogar? Toll, trifft sich ausgezeichnet, denn je schneller haben wir diese Erbsache vom Tisch!« Dirk klatschte unterstützend Beifall. »Ich liebe es unkompliziert zu erben.« Witwe Sülze starrte abwesend Löcher in die Luft. Dann, bevor sie überhaupt reagieren konnte oder wollte, polterte Tochter Sülze eingestaubt die Dachbodentreppe herunter und rief: »Dirk? Ich hörte euch bereits und bin gleich zur Tat geschritten, hier ist noch eine Gartenbank!«

Dirk kreischte euphorisch auf: »Meine Daten von der Bank!? Kommen sofort, ihr seid der WAHNSINN.« Michaela zog augenblicklich eine Schnute und bettelte: »Paps, ich kriege aber auch was vom Kuchen, ja?«

»Wer will Kuchen?« fragte Witwe Sülze und stolzierte sofort Richtung Vorratskammer. Währenddessen stellte Tochter Sülze „das Erbe" in den Flur und gesellte sich zum Besuch, wo Dirk gleich auf sie einwirkte. »Ihr seid ja von der ganz flot-

ten Truppe, so mag ich das. Meine Bankdaten habe ich dir aufgeschrieben. Brauchst du sonst noch was von mir?«
Tochter Sülze glotze irritiert in die Runde. »Daten, Bank? Ich sagte Gartenbank! Aber ich habe auch noch ein paar Klamotten zusätzlich ausrangiert…wem es passt, bitte. Oder um was geht es hier?!«
Dirk lief glutrot an und spie bösartig um sich. »Um was soll es wohl gehen? Um MEIN Erbe von meinem Onkel. Was mir da so zusteht, als sozusagen engster Verwandter.«
Tochter Sülze erhob sich. »Was stimmt nicht mit euch? Raus hier, ihr Pleitegeier seid hier nicht länger willkommen!« Umgehend setzte sie die Erbschleicher, mitsamt den Altkleidersäcken und der Gartenbank vor die Tür. Während Zündi und Michaela sich bereits in die ersten Roben und Cord-Anzüge zwängten, hüpfte Dirk grotesk auf der Straße herum. »Zeit meines Lebens werde ich beschissen, immer wollen alle mein Geld und meine Anteile.

Jetzt stehe ich hier wieder wie ein Armleuchter!« Da öffnete sich wie von Geisterhand die Haustür und Witwe Sülze lugte heraus: »Ihr geht ohne euch zu verabschieden? Och, dann esse ich meinen Stuten, extra dick mit Butter und Marmelade bestrichen, eben alleine. Lecker!« Dann schloss sie die Tür.

Rentner-Sauna

Michaela musste sich vom Nichtstun erholen und gönnte sich etwas Gutes. Als einzige Begleiterin, nachdem alle anderen Auserwählten absagten, blieb ihr Anke, ihre Mutter.
Im Partner-Badedress, Lichtjahre von Modelmaßen entfernt, turnten die beiden von dannen. In der Wellness-Oase angekommen und nach dem Motto „unser Badetag, unsere Therme, was wollen die alten Rentner hier" warfen sie sich rücksichtslos ins kühle Nass. Den Wassergymnastikkurs übersahen sie gerne und überschwemmten diesen tsunamiähnlich. Danach stelzten sie weiter in Richtung Sauna. Am Ziel angekommen riss Anke die Kabinentür auf, scannte die Lage und stellte fest, dass alle Plätze belegt waren. Ihre Laune kippte schlagartig und mit den

gewichtigen Worten »nur fette Rentner hier, was soll das« schmiss sie schreiend die Saunatür ins Schloss. Endlich wurde es auch dem Personal zu bunt. Michaela und Anke wurden freundlich in die Schranken gewiesen, im Saunabereich möge es doch bitte ruhig zugehen! Da platzte Anke aufs Neue der Kragen. »RUHE?! Was ist das denn für eine Schei..? Geh auf den Friedhof, da hast du Ruhe!« Michaela nickte linkisch. Angsterfüllt trottete der Mitarbeiter davon. Da, plötzlich legte jemand beruhigend den Arm um Anke. »Hallo, liebreizende Lieblingsschwester, wieder am Rumstänkern?« Die Liebreizende fuhr herum und starrte in das große Gesicht ihres Bruders Peter. »Ich gebe dir gleich liebreizend. Für Wellness hast DU Zeit? Geh mal besser arbeiten, du Schmarotzer!« Peter winkte ab. »Was mache ich hier wohl? Klar, alles für lau irgendwie, aber ich tu wenigstens so als ob, merkt ja keiner. Außerdem stehen besonders die Frauen auf mich und meine Saunashow. Zack, habe ich die Hasen in der Kiste, so schnell kannst du nicht gucken. Haha, ich bin der Saunahengst, stets bereit!« Handtuchwedelnd philosophierte Peter vor sich hin und bemerkte gar nicht, dass Anke und Michaela bereits seinen Dunstkreis verlassen hatten. Dennoch versuchte er sich Gehör zu verschaffen, indem er lautstark durch die Oase roffelte. »Nicht so schnell Lieblingsschwester, ich komme die Tage bei dir vorbei, kleine Rundreise. Claudia will ich auch überfallen, ich weiß ja, wie sehr sie meine Überraschungsbesuche mag.« Auch diese Worte blieben ungehört, denn Anke und Michaela befanden sich bereits überaus übellaunig und bärenhungrig auf dem Rückweg nach Hause. Trotzdem, ein kleiner Zwischenstopp im Burger-Shop musste sein. Michaela stopfte sich voll, Anke verzichtete. Sie wollte lieber zum fünften Mal in dieser Woche, ihr „frisch" gekochtes Bolognese-

Spaghetti-Fix-Gericht genießen. Wohl bekomms!

Dimitri schlich derweilen hausmeistermäßig ums Haus um seine hungrige „schönst" Anke höchstpersönlich nach dem Wellnessgang devot in die Arme zu schließen. Zuvor hatte er den Tisch gedeckt, damit die Nudel-Mahlzeit sofort serviert werden konnte.

Plötzlich hielt ein Wagen. Nicht Anke, sondern der alljährliche Stromableser eilte heran. Dimitri, der die Gesellschaft dieses ihm fremden Mannes jetzt schon in vollen Zügen genoss, empfing ihn herzlich. Überschwänglich gewährte er ihm Einlass in Michaelas Heim, da dort die Ablesung erfolgen sollte. Leider misslang dies, denn vor lauter Unrat, Kartons und Schmutzbergen von Wäsche konnte der Ableser den Zähler nicht finden. Dimitri und sein neuer Freund waren entsetzt. Peinlich berührt lud Dimitri den Ableser daher zum Essen ein. Der folgte der Einladung erfreut, denn für gewöhnlich gab es so was

ja nicht. Der Grieche sorgte umständlich für Ambiente, zündete ein Duftteelicht an und ließ die Mikrowelle kreisen. Der Ableser war sichtlich erstaunt als Dimitri ihm ein wenig später entgegenschmatzte. »Iss Junge, musse Krafts for de Lesung sammel. Unde leckers äh?« Der neue Kumpel nickte anerkennend und Dimitri lud nach. »De Trick isse, von mein schönst sexofräne Fraus, wart ich verrats, du musse Nudels mit de Sauce fünf Tags ziehe lass. Unde, staunste äh? Schmeckes wie de erst Tag!« Der Ableser rollte mit den Augen, verstanden hatte er nichts.
Da störte ein Geräusch die friedvolle Zweisamkeit. Die Wellnessgöttinnen waren zurück! Während Anke hörbar auf dem Weg nach oben war, feuerte Michaela ihren Burger-Müll und die nassen Handtücher in den Ableseraum und folgte ihrer Mutter schnaufend. Diese stand bereits in der Küche, packte Dimitri am Schlafittchen und blökte. »Was erlaubst du dir? Verschenkst du mein frisches Essen an

fremde Asoziale?« Da sprang der Ableser auf, winkte kurz und verschwand, während Dimitri händeringend und verzweifelt nach einer guten Lüge suchte. »Äh, die Handwerkersmann schwärmtes von de mediterranos Duft inde Hause. Iche gastfreundlichst, gäbe alles gernst.« Anke ließ wütend von ihm ab, schloss sich stattdessen mit Michaela im Schlafzimmer ein und schon bald schliefen sie selig und zufrieden ein.

Das war Dimitris Moment! Momentan rief er doch tatsächlich wieder häufiger in seiner Heimat, bei seinem Bruder an...

Der Hengst

Kaum gedroht, da passierte es. Claudia schreckte auf, als ein Dauerklingeln, untermalt mit überaus kräftigen Klopfintervallen das Haus erschütterte. Eine unheimliche Vorahnung beschlich sie, sollten sich hier tatsächlich irgendwelche ungebetenen Verwandte Einlass verschaffen wollen?! Sie versteckte sich und hatte gerade den genialen Gedanken, ums Eck zu luken und die Haustür ins Visier zu nehmen, als sie vor Schreck zusammenfuhr. Denn plötzlich grinste ihr ein kreisrundes tiefrotes Gesicht durch die Küchenfensterscheibe entgegen. Claudia war einer Ohnmacht nahe – Peter! – und nun musste sie öffnen. Als wenn das nicht reichte, hatte Peter seine topaktuelle Lebensabschnittsgefährtin Veronika im Schlepptau. Beide waren offensichtlich auf „Quasseltour", um Claudia mit sinnlosen Phrasen die Zeit zu stehlen. Und beide hatten sich für dieses Ereignis extrem herausgeputzt. Claudia blickte verstohlen auf die zwei Figuren. Die neue Veronika hatte sich offensichtlich in ihre beste braune lange Unterhose gezwängt, dazu trug sie ein bauchfreies, schweißtreibendes gelbes Polyester-Shirt. Sie sprengte in diesem Outfit alle Grenzen des schlechten Geschmacks, wenn man es denn schaffte, ihre Frisur zu ignorieren. Dieses Gebilde aus herausgewachsener Coloration und Dauerwelle, die seit langer Zeit weder Kamm noch Shampoo gesehen hatte, ließ einen erschauern. Dagegen wirkte Peter wie ein Dressman, vollständig in eine Art weißen Overall gepresst, der am Oberkörper weder Reißverschluss noch Knöpfe kannte und freie Sicht auf seinen, wie er fand, spitzenmäßigen Mega-Oberkörper gewährte. Er klimperte mit seinen Autoschlüsseln. »Claudia, mein Schatz, guck es dir ruhig an! Jawohl, ich bin der einzige

Hartz IV Empfänger im ganzen Land, der mehrere fette BMW`s fährt und besitzt. Sag doch mal, bin ich nicht ein Hengst? Und jetzt guck nicht so, koch mal einen schönen heißen Bohnenkaffee für uns drei Hübschen.« Mit diesen Worten schob er sich an Claudia vorbei, stolzierte ins Wohnzimmer, schmiss sich wie selbstverständlich auf die Couch und wartete auf Gastfreundlichkeit. Veronika verschwand sang und klanglos im Badezimmer. Claudia war sprachlos. Da hatte sie ihren freien Tag, war unübersehbar dabei einen Hausputz zu erledigen und nun sollte sie stattdessen diese Eindringlinge bewirten. »Sorry Peter, aber ich habe tatsächlich nur wenig Zeit. Einen Kaffee trinke ich mit, aber dann muss ich weitermachen und euch verabschieden. Ich habe schließlich Verpflichtungen.« Peter verstand nichts. »Verpflichtungen? Wer hat die denn? Kümmere dich lieber um deine liebe Verwandtschaft, deine Mutter und deinen Vater. Einfach den Kontakt abbrechen, wo

gibt es das denn? Außerdem musst du die Familie von Michaela`s Harry kennenlernen. Alle genießen von morgens bis abends das Leben, es putzt niemand, da steht immer die Haustür auf und ich bin dort ein überaus gern gesehener Gast.«
Claudia konnte sich kaum beherrschen, dieser Typ merkte nicht, wann es reichte.
»Du Peter, dann habe ich einen tollen Vorschlag, genieß doch diesen Tag und meinetwegen den Rest des Lebens dort. Mich stören diese ständigen unangekündigten Besuche und ich habe es schon zig Male gesagt, aber es will einfach nicht bei euch ankommen!«
Peter glühte und war dabei seine Betriebstemperatur zu erreichen. Mit aller Gewalt wollte er sein Besuchsrecht einfordern und es Claudia schmackhaft machen. Er fing an geheimnisvolle Veränderungen unbekannter Art und Weise, und Ereignisse in baldiger Zukunft zu verkünden. Dann verwies er sogar auf seine Geschwister, die sicher bald alles ausplau-

dern würden, da kein Geheimnis bei ihnen sicher wäre. Claudia gähnte gelangweilt und winkte ab. »Peter lass mal gut sein, ganz ehrlich, mich interessiert das nicht mehr, bemüh dich nicht und spar dir diese Worthülsen.«

Peter, sichtlich vom Zorn überrollt wetterte. »Ha, ich und Worthülsen?! Dann eben nicht. VERONIKA? Hängst du eigentlich immer noch auf dem Lokus rum? Claudia will uns hier nicht, komm Abflug.« Da öffnete sich die Badtür und eine frisch geduschte Veronika kam singend herausspaziert, dann trottete sie ihrem Lover hinterher. »Tschüssges.«

Claudia fiel innerlich vom Glauben ab, schloss die Haustür und desinfizierte das Bad.

Wütend über Claudias klare Worte, brausten Peter und sein Schatzi zum nächsten Familienbesuch. Im Gegensatz zu Claudia wurden sie von Michaela und Harry, mit offenen Armen und einer Kiste Bier am frühen Mittag empfangen. »Let`s

Party meine Guten.« Michaela schloss Peter, samt Veronika in die Arme. Danach stellte sie Harry`s Familie vor, die sofort kariöse und überwiegend zahnlose Willkommens-Küsse verteilte. Sekunden später tätigte sie einen Anruf, um ihren Vater samt Zündi und Damian einzubestellen. Im Hintergrund knallten bereits die Korken, die Anlage wurde bis zum Anschlag aufgedreht und ein Gossenhauer nach dem nächsten knallte durchs Haus. Die Hunde bellten im Takt und niemand kümmerte sich mehr um irgendwas.

Wenig später flog die Tür auf und Dimitri stand mitten in diesem grotesken Ambiente. Er traute seinen griechischen Augen und Ohren nicht, verzweifelt schrie er gegen den ohrenbetäubenden Kneipenlärm an: »Äh, wasse geht's hirr los? Alle bekloppte hirr äh? Bessers Arbeit unde nich saufe. Liegte aufe Tasche all. Ihr seide balla ballas, genaue wie de Sabin, Jörgs Fraus. Abstieg inde Suff!« Das ließ sich Peter nicht bieten und schnauzte von der

Seite: »Dann geh doch zu Claudia und putz die Fenster, wenn dir das hier nicht passt.« Dimitri wollte gerade zum finalen Gegenschlag ausholen, da krähte es „schönst" aus der oberen Etage. »Belästigst du wieder meine Leute? Sie zu und hau die Hacken in den Teer. Kannst auch gleich eine Kiste Wasser mit hochschleppen, wenn du da schon rumschleichst. Und, bestell meinen Leuten einen schönen Gruß, die sollen hier gleich mal auf ein gemütliches Beisammensein antanzen!«
Dimitri, der Ankes Befehle gehorsam abgearbeitet hatte, der Geisterfahrer-Sippe Grüße ausrichtete und Wasser hochschleppte, war es satt und verschanzte sich in sein abgelegenes Gästezimmer um seine Ruhe zu genießen. Erschrocken riss Dimitri die Augen auf, als er abrupt durch schreiende Asoziale, Getrampel und Gebelle unsanft aus dem Kurzschlaf katapultiert wurde. Schlaftrunken und ein wenig wackelig auf den mittlerweile über 80jährigen Beinen schlurfte er aus seiner

Panic-Room-Kemenate. Eigentlich, so dachte er, war er hier sicher, aber auch das gehörte wohl der Vergangenheit an. Kaltschnäuzig wurde er von Michaela abgefangen. »Siehst du keine Arbeit, faul rumliegen oder was? Wir haben Gäste und die Hunde müssen raus. Erledige das mal ganz zackig, Mama und ich können ja nicht alles alleine wuppen!« Dimitri pellte sich sofort in sein Outdoor-Outfit und verließ mit den Hunden das Haus, in der Hoffnung Ruhe und Frieden in der Natur zu finden.

Mittlerweile hockten sämtliche Gestalten um Ankes vollkommen ungedeckte Kaffeetafel. Michaela bot gönnerhaft an, feinste Fruchttaschen vom Burger-Shop zu holen. Anke, die schläfrig in ihrem Fernsehsessel residierte, hatte eine bessere Idee. »Wenn der lahme Grieche mal endlich wiederkäme, gäbe es vielleicht auch Torte, denn unsahnige Fruchtschnitten fress ich nicht. Und ihr macht mir hier auch nichts dreckig verstanden?!« Da meldete sich Peter zu Wort: »Wer will denn um diese Zeit Kaffee? Bier und Schnaps ist unser Lebenselixier!« Tosender Beifall zu Gunsten Peters ertönte. Und mit diesem Beifall löste sich umgehend die gemütliche Kaffeerunde auf. Michaela, Harry, Veronika, Peter und die *U-14er-Verwandtschaft (unter 14 Zähne) wanderten eine Etage tiefer um dort dem Alkohol zu frönen. Und Gott sei es gedankt, trudelten nun endlich die Spezial-Gäste, Dirk und Zündi mit ihrem Damian ein. Dirk flippte enthusiastisch aus, tänzelte bester Laune zu den anderen Gästen und übernahm die Rolle des Partyclowns. Er lobpreiste alles was Prozente hatte und nötigte seine Holde zum Engtanz. Damian ignorierte die Gesamtsituation. Er hatte an diesem Abend, mal wieder, mit allem und der Welt abgeschlossen. Er kümmerte sich ausschließlich um seine Pilzmahlzeiten und deren Wechselwirkungen, während seine Eltern eng um ihn herumtanzten. Diese Idylle wurde jäh gestört, als Dimitri mit den

Hunden zurückkam und regungslos im Geschehen verharrte. Michaela schnauzte um sich. »Guck mal auf'n Tacho! Wo bleibst du denn? Die Hunde müssen essen und wir auch. Denkst du eigentlich immer nur an dein Vergnügen?!« Dimitri schmiss ihr angewidert die Leine vor die Füße und ging wortlos nach oben. Dort erwartete ihn die nächste akustische Sensation. »Sind eigentlich alle Männer so lahm und unnütz wie du? Wo treibst du dich rum? Wir warten hier auf dich, kauf endlich Sahnetorte und Abendbrot ein. Mir schwebt da eine Art Spanferkel vor. Dirk kann das zubereiten und nun los mit dir, hopp hopp.« Dimitri wechselte alle Gesichtsfarben, dann fing er an, schallend zu lachen. »Hahaha, ihr zwei am verhungerns äh? Hahaha witzigst Anke, du Witzebolds, hahaha. Ihr Zwei, hahaha. Fahrstuhls for de acht Persons geht inde Schrott mit zweis von euchs, hahaha.« Dimitri klopfte auf seine Schenkel, da schälte sich Anke bedrohlich aus ihrem Sesselthron. »Bist

du Spinner eigentlich lebensmüde? Hau ab, lass das Labern sein und mach das, was von dir verlangt wird. Nicht jeder kann schlank und hässlich sein.« Dimitri prustete. »Ich krieges Kreisellauf hirr und meines Rückens isse auch inde Schrott. Musse gehe zu Pathologie, ihr machtes mich kaputt!« Dann verließ er das Haus um Torten und Fleisch zu kaufen.
Wenige Stunden später, es dämmerte bereits, schleppte Dimitri die Fressalien nach Hause. Ohrenbetäubende Feiergeräusche schlugen ihm bereits in der Einfahrt entgegen. Offensichtlich waren alle Trunkenbolde der Nachbarschaft eingekehrt, ein Schützenfest war nichts dagegen. Wütend lud er den Einkauf in die Gartenschubkarre und stellte diese vor die Haustür. Gerade wollte er sich unbemerkt davonschleichen, als die Haustür aufgerissen wurde und Dirk im entgegentorkelte. »Dimitri, alter Falter, komm rein und trink mit. Aber halt, die Sachen da in der Karre bezahle ich auf gar keinen Fall...«

Dimitri atmete schwer. »Äh, alles wie immers mitte dir Dirks. Immer saufe, Zeit isse engal, Hauptsachs koste nix äh. Ich halts nixe mehr aus hirr, gehe zu Claudia unde Sandra, sinds normals Leute. Hirr nur Hottetottes.« Dirk winkte ab. »Da gehörst du auch hin. Harmonisches Familienleben ist den Mädels ja gänzlich egal. Geh du ruhig zu den Lügnerinnen, aber erzähl bloß kein Wort von uns, ich warne dich!« Dimitiri machte eine Grimasse und spazierte davon.

Schräger Vogel

Der geplante Mädelsabend stand ins Haus. Claudia und Sandra freuten sich auf einen harmonischen Abend.
Mit einer dampfenden Tasse Kakao in der Hand schwangen sie sich vor die Glotze und genossen den beginnenden Abend. Der Pizzadienst war bereits bestellt und der Film „taffe Mädels" startete. Alles sah nach einem perfekten Abend aus.
Ding-Dong, da klingelte es an der Haustür. Claudia öffnete schwungvoll die Tür, doch anstelle einer köstlichen Pizza, stand ein außer sich geratener Grieche, dessen Worte so überhaupt keinen Sinn ergaben, vor ihr. »Äh, tot Schweines kaufte unde saufens ohn End unde Verstands. Klemmtes inde Sessel, nur motze, iche unde Hunds gehe, Micaela und Ankes sexofräns. Gästs ohne Zähne, musse kotz.

Ich Leibeigeners, iche übers 80, alle Zähnes pikobello!« Sandra, die noch gemütlich auf dem Sofa hockte traute ihren Ohren nicht. Dieser Pizzabäcker hörte sich doch verdammt nach ihrem Vater an. Genervt schlurfte sie zur Tür. »Mensch Vatter, möchtest du uns den Abend verderben?« Dimitri grinste. »Haste rechts Kind, alles Verderb. Dreck unde Alks überalls. Kommes jetzt aber rein zu euchs.« Kaum hatte er die Wohnung betreten, wechselte er wieder seine Identität. »Äh Kinders, mollig unde warm. Sehr schönst hier. Äh, unde leckers Getränkes nehmes ich auch unde eines warm Decke biete, alles perfekto.« Ein wenig fassungslos beobachteten die Mädels wie Dimitri eins wurde mit der Couch und sich wohlig ausbreitete. »Mädels alles schönst, sauges auf wie Schwamm mit de Wassers. In meine Haus wohnte de Teufels, hier Wellness for mich!« Während der Grieche also altersgemäß durchatmete und genoss, spielte sich einige Straßen weiter Dramatisches ab: der Alkohol war aus! Die Wenigen, die noch halbwegs stehen konnten entwarfen lallend Pläne, um an Hochprozentiges zu gelangen. Der Plan lautete, Dimitri muss wieder her! Michaela war sofort Feuer und Flamme. »Ich hole ihn! Ich werde mich verkleiden, damit ich unerkannt bleibe und mir geöffnet wird. Ansonsten kommt bei der dösigen Claudia ja niemand rein. Ich habe noch gelbschwarze Klamotten und Hüte, ich verkleide mich als Paketzustellerin!« Gesagt getan, Michaela schwang sich in die Klamotten und machte sich torkelnd, gänzlich ohne Schamgefühle und extrem lächerlich aussehend, auf den Weg.

Gerade wurde es wieder etwas ruhiger im Mädels-Haus. Dimitri schlummerte selig, da klingelte es erneut. »Endlich Pizza!« Dieses Mal öffnete Sandra schwungvoll die Haustür und erblickte eine verkleidete Witzfigur, die optisch an eine dickliche Brieftaube erinnerte. Sandra checkte die Lage, dann stellte sie die alles entschei-

dende Frage: »Mutig mutig, was kann ich denn gegen dich tun?«
Pause.
Verwirrung stand der Taube ins Gesicht gemeißelt, das Gehirn ratterte. »Rück Dimitri raus!« Sandra brach in schallendes Gelächter aus. »Ja, ist klar«, dann schmiss sie der Taube die Tür vor der Nase zu. Sich krümmend vor Lachen berichtete sie Claudia von dem schrägen Auftritt. »Die Sippe wird immer schlimmer! Wie gut, dass wir keinen Kontakt mehr haben. Die glauben doch tatsächlich, sie könnten uns für dumm verkaufen.« Vom Gelächter gestört, erwachte nun auch das Objekt der Begierde aus seinem Dornröschenschlaf. Dimitri reckte und streckte sich. »Bine erwacht Mädels, Sandra wasse loss hirr, großes Freud oder was?« Sandra blickte auf ihren Vater. »Du wirst schon von der Flodder-Sippe vermisst, hat mir gerade ein dickes Täubchen geflüstert.« Schlagartig fuhr Dimitri hoch, wurde kurz blass und raste zur Haustür. »Äh, musse los, oh

äh oh, gibte Ärgers for miche. Dankes for kurzes Harmonie.« Dann schmiss er sich erneut seine Outdoor-Kollektion über und sauste winkend aus der Tür, vorbei am Pizzalieferanten und nahm, wie selbstverständlich, im (Pizza-)Taxi Platz. Ungeduldig betätigte Dimitri die Hupe und gab dem Lieferanten zu verstehen, dass es eilte. Zu allem Überfluss kurbelte er dann noch die Scheibe herunter und schnauzte dem Boten zu: »Junges Junge, mache zügigst, iche warte, de Uhr tickte, musse los, mir blühtes sonst was von de schönst Anke. LOSS!«

Claudia und Sandra kannten solche Aktionen und waren nicht wirklich überrascht. Sie bezahlten ihre Pizza, ließen den extrem verdutzten Pizzamann stehen und machten es sich endlich gemütlich.

Der Pizzabote hatte doch tatsächlich ohne jegliche Gegenwehr, die so oder so sinnlos gewesen wäre, den Griechen an der Partymeile abgesetzt. Dimitri huschte unbemerkt ins Haus, stülpte sich seinen Haus-

anzug über und tat so, als wäre er nie weggewesen. Ergriffen stürzte er sich auf Anke und begrüßte sie gähnend. »Mein schönst Frau, bin gerades von de Schlafs erwachet, nun binne ich wieder inde Dienst, läute Glock unde ich springes!« Mit diesen Worten drückte er sich in die letzte freie Sofalücke und kauerte dort ergeben zwischen Nippes und grauenhaften Puppen. Dann schnappte er sich gedankenlos die Fernbedienung und wechselte das Programm.
Error!
Im Wohnzimmer wurde es eiskalt. Ankes Gesichtszüge entgleisten, sie bäumte sich samt Sessel am Hinterteil auf. »Du Judas, wer hat dir erlaubt die Fernbedienung anzufassen?! WER?« Zu Dimitris Glück schwankte just in diesem Moment Dirk in dieses Eheglück hinein und ließ Ankes Frage in den Hintergrund rücken. »Hallo Stiefpapa und Hallo Exfrau. Was geht, ihr Spaßbremsen? Ich habe noch ein feines Leckerchen für euch.« Dirk stellte ein Sil-

bertablett mit einem Apfel tragenden Ferkelkopf auf den Tisch und wankte dann, provokante Lieder trällernd, davon. Der Grieche griff sich den Apfel, während Anke noch immer an ihrem magnetischen Sessel klebte und schrie. »Scheiß Schwein, fresse ich nicht. Ich will Torteeee!«
Dimitri verschanzte sich samt Apfel in seinem Panic-Room. Dort sinnierte er über sein Leben. Vielleicht war es ja doch nicht die beste Idee gewesen, seine Schwiegertochter zu heiraten und somit die ganze Familienkonstellation durcheinander zu bringen. Aber schnell wischte er diesen Gedanken fort, er war schließlich fehlerlos.

Der Rasenmähermann

Die Mädels wollten in alten Erinnerungen schwelgen, darum besichtigten sie Sandras Elternhaus. Zufälligerweise hatte ein damaliger Nachbar dieses ermöglicht! Die beiden freuten sich. Gerade als sie im Wagen Platz genommen hatten und sich auf den Weg machen wollten, schmiss sich ein schweißgebadeter, hyperventilierender Agent filmreif auf die Rückbank und schrie panisch. »Äh Vollgase, sofort, werde beschattes. Micaela klebte an meine Fers, jagtes mich!« Sandra startete das Fluchtfahrzeug, dann wandte sie sich ihrem Vater zu. »Sag mal, bekommst du eigentlich Geld für solche Auftritte? So langsam ist es aber gut. Eins sage ich dir, benimm dich, wir sind auf dem Weg zum alten Haus. Wenn das nicht funktioniert, bringen wir dich sofort wieder nach Hause.« Dem Griechen war alles recht. »Äh, gutes Kinders, gutes Idee, wir gucken nach de Rechte, ob ordentliche Leut. Ob de immers lüfte und mähe Rasen. Ich guck genau alles!« Die Mädels verdrehten die Augen, solche Eskapaden waren nicht neu. Unbekümmert fuhren los. Vorm Haus angekommen, bekam Dimitri noch einmal die Leviten gelesen, er möge sich doch BITTE ruhig verhalten, schließlich hätten die Mädels ihn ja nun auch gerettet. Dimitri nickte.

Der neue Besitzer und der freundliche Nachbar empfingen die Mädels. »Ihr wollt also alte Erinnerungen aufleben lassen? Na dann mal rein in die gute Stube.« Ehrfürchtig, mit einem leicht mulmigen Gefühl, gingen Sandra und Claudia den bekannten Hausflur entlang. Erinnerungen kochten hoch. Der neue Besitzer präsentierte stolz einige Umbaumaßnahmen. Gerade als er den Mädels eine Tasse Kaffee anbieten wollte, platzte ohrenbetäubender Rasenmäher-Sound durchs Gespräch. Alle Anwesenden glotzten aus dem Fenster.

Die Mädels trauten ihren Augen nicht. Gerade noch auf dem Rücksitz zurechtgewiesen, mähte ER nun, wie selbstverständlich, SEINEN Rasen. Der neue Besitzer schmunzelte, als die beiden die Situation erklärten, er steuerte auf den griechischen Gärtner zu und reichte ihm zum Gruße die Hand. »Und sie sind?!« Dimitri wurde wütend. »Äh wasse wer bin ichs?! Hands weg, Rasenhalm wuchert unde du machste nix. Alles musse sauber schnippeln, mache weiters, mache Grund rein. Später kommes rein und mache drinne Ortung und klares Schiff, du faules Strumpfsock!« Der Besitzer blieb gelassen und während Claudia den Mann ein wenig ablenkte rastete Sandra aus. »Vatter, schlimm bist du, blamierst uns bis auf die Knochen. Wie ein Kleinkind benimmst du dich. Verhalte dich die letzten Minuten ruhig und setz dich einfach in den Garten, wir holen dich gleich ab.«

Die Mädels ließen es sich nicht nehmen, auch die letzten Räumlichkeiten zu inspizieren, als sie ein lauter Schrei aufmerken ließ. Ein Blick nach draußen genügte. Dimitri, bewaffnet mit Sonnenmilch, lief aufgebracht einer flüchtenden Nachbarin hinterher. »Ähhh, musse Lotion auftrage, sonst Krebse. Kannste fragen alle, ich creme alles und speziell jedes. Kinders kommte, creme doch guts oder? Fragst auch die Anke, bietet grosses schönst Körperflächs for mi. Ich Spezialist. Musse dich wohl zwinge zu de Glück. Na wartes!« Dimitris Laune schlug wieder um, richtig böse wurde er. Die Frau äugte ungläubig in die Runde und konnte gerade noch davon abgehalten werden die Polizei zu rufen. Sandra schnappte sich den wütenden Dimitri und führte ihn sprichwörtlich ab. »Äh, wo geht's hin de Reis? Nach Hause geh ich aber nix. Bleibes bei euch, gehe überalls mitte hin.«

»Das ist absolut unmöglich! Wir fahren dich nach Hause. Ende!«

Dimitri wollte nicht. »Ähh, dann fahrte mich zu Jörgs! Muss vergewisser ob alles inne Ortung isse.« Herrjeh, jetzt ging das wieder los. »Ja Vatter, Jörg wird begeistert sein!«

Die Mädels luden Dimitri vor Jörgs Haus ab, warteten bis ihm Einlass gewährt wurde, dann machten sich hupend vom Acker. Dimitri riss den überraschten Jörg distanzlos an seine Brust. »Junges, Junges, binne hier vor de Gartesarbeit. Sehe alles, mache alles, iche de Hausmeisters. Bleibe ein paar Tages, das isse Plan. Wo is meine Gastzimmers äh?!« Jörg, der nicht mehr ein noch aus wusste jappste. »Hä? Du kannst mich gerne besuchen, aber auf Gäste bin ich nicht eingestellt.« Dimitri blieb ignorant. »Äh, nix schlimm, sagte schon altes Volkeslieds, hörste genau mit Ohr.« Tanzenden Syrtaki-Schrittes hüpfte Dimitri schnurstracks auf die kleine Scheune zu. »Äh, eine Bette inne Kornfels, isse immer frei …tralalilalei…« Jörg gab auf. »Von mir aus, dann bleib. Decke, Kissen und eine Unterhose kann ich dir wohl geben, mach es dir gemütlich.« Dankbar schmiss sich der Grieche wie schwerelos ins Heu. »Isse Genuss, Ruhes, keine Frau flippt.« Umgehend fiel er in eine Art komatösen Schlaf.

Unterdessen plante Jörg den Abend und bereitete fürsorglich einen Umtrunk zu. Mit einem Topf voll Feuerzangen-Bowle machte er sich auf den Weg zur Scheune. Dort warf er sich wohlgesonnen neben den schnarchenden Griechen ins Heu. »Mensch, Stiefvatter gemütlich hast du es dir gemacht. Was sagt denn Anke zu deinem Ausflug?!« Dimitri schnellte schreiend hoch. »ANKE! Bin in Dienste meine Schönst. Ich brauches Tritt, haste rechts!« Jörg klopfte Dimitri beruhigend auf die Schulter. »Alles gut, keine Anke in Sicht. Entspann dich. Kämm dich erstmal und nimm einen tiefen Schluck Bowle.« Dimitri war über alle Maße erleichtert und goss sich euphorisch das glühend heiße Gebräu in den Rachen. »Hahaha, wohligst warme Gefühls. Nehmes mehr.« Gesagt getan. Jörg und Dimitri tranken noch einige

Gläser, als der Grieche plötzlich aufsprang und sich wie selbstverständlich auf Jörgs Drahtesel schwang. Er befahl ihm unverzüglich hinten Platz zu nehmen um ihn in die nächste Kneipe zu navigieren. Jörg war begeistert. Er gab strikte Anweisungen, bis sie die Kneipe „Zum Absteigenden Ast" erreichten. Vorm „Ast" ging gerade wieder eine Massenschlägerei zur Neige. Die beteiligten, überwiegend zahnlosen Kreaturen der Nacht, versöhnten sich blauäugig und blutend an der Theke. Dimitris Brille beschlug vor Begeisterung, als er am Tresen Platz nahm. Da tippte ihm Ankes Bruder Peter auf die Schulter. »Ey, Dimi, endlich suchst du mal vernünftige Plätze auf. Hier spielt sich das wahre Leben ab. Ey Ronny, mach mal drei Männergedecke klar. Und, ganz wichtig, noch einen schönen Ast-Cocktail für unser lecker Mäuseken Sabine.« Alle Anwesenden starrten mit glasigen Säuferaugen zur einzigen Frau im „Ast". Das war Sabines Stichwort! Sofort räkelte sie sich, lasziv gähnend, in der hintersten Ecke und hoffte auf weitere milde Gaben. Dimitri fühlte sich geborgen. „Äh, la Familie oder wasse los? Schönst Treff in de Absteige. Pikobello!«

Zwei Stunden später, als die ersten Gäste eingeschlafen, oder vom Stuhl gefallen waren, wurde es Zeit zu gehen. Dimitri, der sich in seiner Partystimmung ebenfalls überschätzt hatte, versuchte hilflos einen Fuß vor den anderen zu setzen und das Rad zu erreichen. Tatkräftig schnappten sich Jörg und Peter, plötzlich beste Freunde, Grieche plus Rad um sich auf den Rückweg zu machen. In der Scheune angekommen, sanken die Männer an Ort und Stelle in einen alkoholschweren Schlaf.

Am nächsten Morgen: während die Trunkenbolde Jörg und Peter nicht einmal im Traum daran dachten die verquollenen Augen zu öffnen, erwachte Dimitri mit hämmernden Kopfschmerzen. Er klagte über sein undiszipliniertes Verhalten.

»Äh, immers rein mit de Schnaps, kanne tötlichst enden. Habes Kontroll verlore. Nun muss ichs gehe zu de schönst Anke und rette wasse zu rette isse.« Nach diesen zu sich selbst gesprochenen Worten schwang er sich, noch ein wenig Restblut im Alkohol, erneut auf den rostigen Drahtesel und strampelte los. Aus der Ferne hörte man ein immer leiser werdendes »äh, eine Bette inne Kornfels...lalala...«

Zuhause angekommen gab der Grieche alles, um unbemerkt ins Haus zu gelangen. Er wollte seiner Anke vorerst aus dem Weg gehen. Doch, als er den Schlüssel im Schloss drehte, riss von innen jemand am Türgriff. Dimitri strauchelte und fiel seiner Schönst direkt in die starken Arme. »Äh, habes gerad die Mülltonns geschrubbt. Wasse kann iche jetz tun, Schönst?« Anke schnaubte. »Da weiß ich was! Endlich mal deinen Hintern kannst du bewegen. Nicht tagelang pennen. Meine Fußmassage hast du auch ignoriert!«

Dimitris Schädel dröhnte, er musste sich zusammenreißen. »Äh, hab ich starkes Migrän, musse inne dunkles Zimmer, bitte Ruhes und gutes Nacht.« Und zack, entschwand Dimitri von Schimpftiraden begleitet, in seinem Sicherheitsraum. »Diese alten Kerle immer, nichts mit los!«
Dimitri schlief tief, während Anke wieder im Sessel klemmte und sich ihrem Dauer-Serienprogramm widmete. Zum hundertsten Mal flimmerte „Ekel Alfred" in Bestform über die Mattscheibe, als sie durch das Klingeln an der Haustür jäh gestört wurde. Ihr griechischer Diener schlief unerlaubt, also musste sie sich tatsächlich aus dem Sessel wuchten. Missmutig buzzerte sie auf die Gegensprechanlage. »Welcher Idiot stört? Ich hoffe es gibt gute Gründe, ansonsten ist hier gleich gewaltig was los!« Wütend betätigte sie den Türöffner und presste sich sofort zurück in ihren Sessel. Ekel Alfred musste pausieren, als Sabine mit einer Brille wedelnd in die heiligen Gemächer wankte. Anke überrollte sie. »Ex-Schwägerin Sabine, ich fass es nicht,

welch Glanz und Alkoholdunst in meiner Hütte. Man man man, siehst du aus! Und saufen tust du auch noch immer, davon müsste ich ein Foto schießen. Warum hast du Dimitris Brille dabei???«

Donnerwetter, tief beeindruckt von Ankes Freundlichkeit nahm Sabine einen großen Schluck aus ihrem Flachmann. „Haha, zur Feier des Tages darf ich ja heute mal.« Anke tat amüsiert. »Welche Tagesfeier, du Synapsen-Friedhof?« Sabine staunte. »Vielleicht sind wir bald wieder richtige Schwägerinnen und alles wird gut. ER weiß zwar noch nichts von seinem Glück, aber ich habe gestern Nacht mein Herz verschenkt!« Anke gluckste gehässig. »Haha, wer ist der glückliche Säufer?« Sabine phantasierte weiter. »Anke, wie sprichst du denn von deinem Bruder Peter?« Anke brach vor Lachen zusammen. »Dann wünsche ich euch alles Gute. So, jetzt möchte ich aber weiter meine Sendung gucken, ich habe keine Lust mehr auf deine Geschichten. Nur noch eine Sache, woher hast du Dimitris Brille?!« Sabine war gedanklich schon auf

dem Weg zur nächsten Bar. »Welche Brille? Ach so, die! Die hat Dimi gestern bei unserer Party im „Ast" vergessen. Tschüssi.« Anke startete hinterlistig grinsend ihr TV-Programm.
Stunden später erwachte der Grieche aus seinem Katerschlaf. Er freute sich, dass seine Aktionen scheinbar unbemerkt blieben. Einen legeren Wohnanzug tragend, trat er zu seiner Angetrauten um ihr besänftigend einen feuchten Schmatzer aufzuzwingen. »Sabber mich nicht voll, sag mir lieber woher Sabine deine Brille hat?« Dimitri bekam Bluthochdruck. »Brille äh? Iche nix Brille, nie, gutes Aug, esse Möhre, deine Super-Möhres. Auge pikobello.« Anke verhörte weiter. »So, zum letzten Mal und ich rate dir nicht zu lügen. Warst du im „Ast"?« Dimitri spielte mit seinem Leben und wollte das Gespräch verzweifelt in eine andere Richtung lenken. »Äh, natürliche, hole gleichs sofort Axt und mache kurze Prozesse inde Gartens. Staunt de faule Harrys äh!« Anke tobte. »DU HAST STUBENARREST!«

Braut-Alarm

Nachdem die Luft wieder halbwegs alkoholfrei war, traf sich der harte Kern des „Ast-Geschwaders" bei Jörg um weitere Zukunftspläne zu schmieden.
Sabine hatte sich für diese Zusammenkunft ihr überaus repräsentatives Hochzeitskleid von anno tuck übergeworfen. Sah man von sämtlichen gelösten Säumen, Brandlöchern und vielzähligen Flecken, von denen man besser nicht wusste woher sie stammten ab, so fand sich Sabine darin wunderschön. Dazu trug sie ein Bastkörbchen, gefüllt mit hochprozentigen Köstlichkeiten. Freudestrahlend schwebte sie ihrem Ex-Jörg entgegen, der gerade dabei war die Scheune dauerpartyfest zu machen, er erschrak. »Du ahnst es nicht, egal was auch immer dieser Aufzug zu bedeuten hat, MEINE Antwort lautet NEIN.«

Sabine stellte ihre Lauscher auf Durchzug und trank lechzend den ersten Schluck direkt aus der Flasche. Dann ließ sie sich mit einem lauten Rülpser, so graziös wie nur was, ins Heubett plumpsen. Jörg ignorierte diese armseligen Sperenzien, lieber betäubte er sich ebenfalls die Sinne. Nur wenige Flaschen genügten und die Stimmung war ins bodenlose abgedriftet. Sabine taumelte im Zeitraffermodus umher und versuchte den sich schlafend stellenden Jörg zu umtanzen. In diesem Moment flog die Scheunentür auf, Peter grüßte in die Runde. »Und du Schätzelein, wollen wir denn jetzt wohl heiraten, oder wonach sieht mir das hier aus?« Sabine ging kurz in sich, dann nahm sie Anlauf und sprang ihm an den Hals. »Peter, ich wusste es. Der „Ast" war unser Schicksal, meine Antwort lautet: JA.« Peter befreite sich kopfschüttelnd von Sabinchen und richtete sein Wort an Jörg. »Satan Alter! Aber sag mal, wie sieht es denn hier aus. Das Anwesen ist doch zu groß für dich al-

leine. Keiner räumt auf, kocht und so. Das ist doch kein Leben für dich.« Da mischte sich die zukünftige Braut ein, anbietend befeuchtete sie ihre Lippen. »Da werden wir Hübschen uns doch sicher einig...« Jörg würgte und drehte die Anlage auf, aber Peter ließ nicht locker. »Man Alter, die Idee ist doch gar nicht schlecht, die Olle putzt und wir beide machen schön Wellness. Komm, wir besiegeln die Angelegenheit, Sabine geht das klar mit uns?« Sabine jauchzte und rief übereifrig ein Taxi, um sofort mit dem Umzug und ihrem neuen Leben zu beginnen. Fast schon emotionslos verfolgten Jörg und Peter die Spontanaktion.
»Haste das jetzt gesehen?«
»Jau!«
«Prost.«
Die beiden tranken auf die zukünftige Wohnkonstellation. Als der Pegel der Heiterkeit endlich erreicht war, griffen sie zum Hörer und klingelten bei Dimitri durch. Der, so schien es, hatte auf diesen

Anruf gewartet. »Äh, ihr Spinners, guckter Zeit! Geistesstunde längst übers! Junges, Junges.« Peter gluckste. »Hey, alter Grieche, reg dich doch nicht auf. Komm rüber, wir wollen in den „Ast" und du fährst. War doch letztes Mal super mit uns.« Dimitri rang hysterisch um Fassung. »Wasse super äh!? Habe Pyjamas längst unde Zahnhygiene. Schönst Anke motze wie Berserker. „Ast" isse nur for de Tippelbrüders. Große Ärger und Angst weges euch und de alkomatisiertes Sabine. Immers voll wie de Jägermeisters!« Peter blieb hartnäckig. »Ach was, egal. Kannst auch im Pyjama fahren. Musst auch nicht mitfeiern, fahr uns einfach.« Dimitri wurde übellauniger. »NIX engal unde nix kutschiera! Habes Stubarrest. Abers bin eh balds weg von de Fensters, fliege. Sage nix wohin die Reise geht's. Adios.« Dann schmiss er selbstbewusst den Hörer auf die Gabel. Die beiden Männer staunten und bestellten sich ein Taxi.

Die Reisfrau

Dimitri musste sich wohl oder übel mit seinem Stubenarrest arrangieren. Wenn er ehrlich war, genoss er diese Ruhe in vollen Zügen. Strafe sah definitiv anders aus! Anmerken ließ er sich jedoch nichts, denn das hätte schlimme Folgen gehabt. Also setze er seine einstudierte Trauermiene auf und schlurfte durch das Wohnobjekt.
Als er sich genüsslich auf seiner Couch breitmachte und die Gedanken kreisen ließ, wurde die Zimmertür aufgerissen und Anke befahl ihm, sich doch wohl gefälligst um die liebende Familie zu kümmern, anstatt faul rumzuliegen. »Sie zu, dass du ins Reisebüro kommst und buch mal Griechenland für alle. Deine griechische Verwandtschaft kann uns mal schön aufnehmen. Platz haben die ja garantiert. Also, melde uns da an. Ich will fünf Mahl-

zeiten am Tag und ein eigenes Zimmer. Michaela kommt auch mit, schon geklärt. Wir sind dann drei Personen!« Dann schloss sich die Tür. Dimitri blickte apathisch ins Leere, sein Puls raste. Er sammelte sich, schlüpfte in seinen Anzug, formte seine Ken-Frisur und machte sich auf zum Reisebüro. Er schwitzte, solch eine Aufgabe hatte er noch nie meistern müssen. Im Reisebüro angekommen stürzte er sich auf die einzig freie Mitarbeiterin. Er formulierte sein Anliegen. »Äh, fliege mit de ganze Familie in de Lufts. Drei Person, aber brauches Platze fors vier, musse wisse, de Schönst isse massiv, kein Esse, nur de Flugs.« Dimirtri verlor sich in Nichtigkeiten während sein Gegenüber händeringend versuchte herauszufinden, was dieser Herr wohl meinen könnte.
»Mein Herr, sie möchten also mit ihrer *schönen* Familie verreisen?«
»Äh, ja!«

»Verstehe ich richtig, nur die Flüge nach Griechenland, für drei Personen, aber vier Plätze buchen, weil jemand recht massiv gebaut ist?!«

Dimitri trampelte ungeduldig mit den Füßen.

»Äh ja! Bisse du dumm? Sagt ichs doch alles! Biste Papagei äh?«

»Junger Mann, ganz ruhig. Ich versuche alles, was in meiner Macht steht, damit sie dahin kommen wo sie hingehören, ähem hin möchten...«

Diese scheinbare Freundlichkeit stimmte Dimitri sofort milde, nun sprach der Kavalier aus ihm. »Äh meine schönst Reisfrau, du Spezialistin, alles isse gut.« Die „Reisfrau" tippte und telefonierte, dann präsentierte sie ihr Angebot. »So, Herr Dimitri: vier Flugplätze, hin und zurück nach Griechenland, zweite Klasse, ohne Hotel. Zufrieden?«

»Bravissimo junges Frau. Zufrieden, zufrieden! Musse du mitkomme! Äh, buchst du ich zahles alles. Micaela hats dann Freundin.«

Die „Reisfrau" lehnte freundlich ab und Dimitri nickte wertschätzend, verabschiedete sich mit Handkuss und tänzelte voller Tatendrang nach Hause. Dort angekommen hielt er ein überaus unverständliches Plädoyer über sein Tun und Wirken. Er überreichte Anke und Michaela feierlich die Reiseunterlagen, die mit gierigen Blicken verschlungen wurden. Die Urlaubsvorbereitung begann. Michaela plante wie von Sinnen den Aufenthalt und die Events am Urlaubsort. »Dimitri, da ist ja jetzt mächtig viel Kohle übrig, brauchen ja kein Hotel und so. Gib mir dann mal ein paar Scheine, ich kaufe die nötigsten Dinge ein.« Der gutgläubige Dimitri war einverstanden. Geistig umnachtet überreichte er Michaela seine Bankkarte samt PIN. »Rechts haste. Hirr nimm de Kart und kaufste ruhig alles. Sehr netts von dir äh.« Michaela lachte schallend, sie konnte nicht glauben, wie leicht dieser

Dimitri doch wieder zu überzeugen war. Sie schwang sich ins Auto, startete den Motor und raste, Hunde und Kinder ignorierend, dem Shopping-Wahn entgegen.

Ewigkeiten später, sozusagen tief in der Nacht, kam Michaela schwer bepackt und angetrunken im Taxi vorgefahren! Sie bat den Fahrer zu warten, während sie ins Haus wankte. Sie riss Dimitri aus den Federn. »Du Geizhals! Wie peinlich das ist. Deine Karte hat kein Guthaben mehr und wie stehe ich nun da? Bezahl den Fahrer und dann will ich kein Wort mehr hören. Nur Stress mit dir.« Wütend verschwand sie mit den Designertüten in ihrer Wohnung. Dimitri atmete schwer, bezahlte den Fahrer und stürzte wieder hinein. Dann stellte er sich an Michaelas Bett und rastete aus. »Äh äh äh, du Widerlings. Mein Herz! Karte hattes 5000 Euros. Unde jetz? Wasse haste getan? Werdes verruckt...oh oh oh`s.« Michaela grunzte genussvoll in die Laken und winkte ab. »Was willst du eigentlich von mir? Halt die Füße still, sonst sage ich alles Mama, dann siehst du richtig alt aus und jetzt raus.« Und als wenn das nicht reichte, mischte sich aus dem Hintergrund Marktschreier Harry ein. »Ey Alter, Dimi komm mal klar. Was sind denn heute schon 5000€? Nix! Also reg dich ab. Das verdiene ich ja an einem Tag…hahaha.« Grinsend genoss Michaela den Zuspruch, doch Dimitri war auf Krawall aus. »Ihrs Schmarotzers äh. Sages die Mama selbst ihr Spinners.« Schnurstracks trippelte er zu Anke, die bereits informiert war! »Was willst du von den armen Kindern? Michaela weint! Du machst unsere Nerven kaputt. Gib ihr morgen einfach noch ein paar Scheine, was nützt es dir, der reichste Mann auf dem Friedhof zu sein?!« Dimitri versuchte zum verbalen Gegenschlag auszuholen, ließ es dann aber bleiben. Er warf vorerst das Handtuch. »Ach Schönst haste rechts. Wir machens Urlaub alle zusammens. Alles gut.« Er hauchte einen Kuss in die Luft und verschanzte sich in seinen Raum.

Fetter Feta

Es war soweit! Harry erbarmte sich und geleitete seine Sippe zum Flughafen. Mit nach Griechenland durfte er nicht, denn auf ihn warteten schließlich andere Aufgaben: Kinder, Haus und Hunde hüten. Harry hatte daher an diesem Tag besonders gute Laune, die wurde sogar noch besser, als er schweißüberströmt unzählige Gepäckstücke ins Auto stopfen musste. Ein Ende war nicht in Sicht. Wutentbrannt schmiss er den nächsten Koffer vor Dimitris griechische Latschen. Der Koffer platzte auf und präsentierte seinen lebenswichtigen Inhalt. Mindestens 47 riesenhafte Blumen-Spangen, Perücken und Plastik-Diademe lagen zu ihren Füßen. Harry verlor die Nerven. »Seid ihr jetzt komplett übergeschnappt? Wollt ihr ausziehen, verreisen oder Karneval feiern?« Dieses eine Mal waren Dimitri und Harry

offenbar einer Meinung, auch der Grieche vergaß sich. »Äh, wasse fürs Schrott widder. Nehme nix mit davons. Ihr alle sexofrän. Nur Maskerade, meines Familie denke ihr leichtes Fraue, äh!« Michaela meldete sich hysterisch zu Wort. »Rührt auch nur einer diese Sachen an, knallt es. Das kommt ALLES mit, ohne Ausnahme!« Anke stand ihr zur Seite. »Ich gebe dir gleich Maskerade. Einräumen und Schnauze. Meine zwei Geschenke-Koffer müssen auch mit, also schafft Platz!« Dimitri rang um Fassung. »Geschenke ähhh? Für wens? Meine Leut haben alles.« Anke zischte fünf letzte Worte: »Wie ich schon sagte, Schnauze!«
Resigniert stieg Dimitri ins Automobil und presste sich zwischen Haarreifen und Perücken. Jämmerlich hing er im Gurt. Er wünschte sich, niemals geboren worden zu sein. Am Flughafen angekommen ging das armselige Drama weiter. Harry lud Sippe und Koffer ab, dann verabschiedete er sich mit Vollgas. Anke befand sich da

bereits auf dem Weg zum Kofferwagen. Der Weg war allerdings für ihr Empfinden zu weit, daher entriss sie einem staunenden Urlauber sein Gepäck-Gefährt und türmte zusammen mit Michaela ihren Reiseschrott auf. Freudestrahlend fuhren sie weiter zum Schalter. Dort angekommen öffnete Dimitri mit hängendem Kopf die Geldbörse. Er zahlte unaufgefordert am Schalter eine größere Summe für Übergepäck, taumelte, trottete dann aber weiter seinen Schönsten hinterher. Im Stillen freute er sich auf den Flug und die dortige Ruhe. Aber leider war er nicht bei „wünsch dir was".

Anke glitt in ihren Doppelsitz, als das Gezeter begann. »Diese Enge hier, nicht auszuhalten. Und so was kostet Geld? Ha! Die Luft hier, diese verschwitzten Menschen. Wo wollen die überhaupt alle hin, müssen die nicht arbeiten?« Anke war bereits auf Betriebstemperatur, ganz im Gegensatz zum Flieger. »Mein Gott, was dauert das denn? So möchte ich auch mein

Geld verdienen. Außerdem habe ich Hunger und möchte gern JETZT was zum Beißen. Michaela, wie sieht es aus? Auch einen Happen?« Dimitri wurde es heiß und kalt, natürlich war auf Michaela Verlass. »Aber sicher Mama, ich könnte Berge vertilgen, ich sterbe vor Hunger!« Das ließ sich Anke nicht zweimal sagen. »Los Dimitri, mach was, denn sonst wird es gleich richtig unangenehm. Wir wollen essen!« Dimitri tobte innerlich, stellte sich aber schlafend. Anke grunzte unzufrieden und fackelte nicht länger. Ungelenk stieg sie über ihren schlafenden Gemahl und trampelte zielstrebig Richtung Cockpit. Dort angekommen hämmerte sie an die bereits verschlossene Sicherheitstür. »Aufmachen. Notfall. Sofort.« Die Tür blieb verschlossen, dafür stürzte eine Flugbegleiterin eilig auf Anke zu. »Gnädigste bitte regen sie sich nicht auf. Setzen sie sich wieder. Gleich bin ich für sie da und wir lösen das Problem, versprochen.« Sie kannte Anke nicht. »Problem?

ICH habe kein Problem, aber hier verhungern und verdursten Menschen, du Flugtussi.« Irritiert huschte die Flugbegleiterin zum Mikro und absolvierte schneller als üblich ihr Sicherheitsprogramm. Als sie sich erneut Anke zuwenden wollte, entriss diese ihr das Mikro und übernahm die weitere Führung. »Noch einmal in aller Deutlichkeit: Essen servieren, sonst will ich mein Geld zurück. Saftladen!« Unterdessen erwachte Dimitri aus dem gestellten Schlaf. Peinlich berührt fuhr er hoch, sprang auf Anke zu, entriss ihr das Mikro und schleppte sie, verfolgt von abfälligen Blicken zurück zum Doppelplatz. Dort fixierte er sie im Sitz und stopfte ihr mit riesenhaften Schokoladen-Dreiecken, die er zuvor heimlich gekauft hatte, den Mund. Auch Michaela griff beherzt zu. Schmatzend vertilgten die Herzdamen 750g Schoko-Dreiecke. Wenige Minuten später parkte der Servierwagen vor ihren Sitzpolstern und die Flugbegleiterin servierte beschwichtigend die angeforderte warme Mahlzeit. Doch Anke mochte nicht mehr. »Jetzt bin ich satt, geh weg mit diesem unansehnlichen Fraß. Außerdem muss ich jetzt mal meine Verdauung einleiten. Platz da!« Den Rest des Fluges klemmte Anke auf dem Toilettensitz. Erst nach der Landung verließ sie das Beengnis, um zusammen mit Michaela zeternd das Flugzeug zu verlassen. »Hilfe, was ist das denn für eine Hitze, ekelig, nicht auszuhalten…« Dimitri der es nicht mehr hören konnte, fächerte in völliger Selbstaufgabe wild um die Damen herum. Aus der Ferne bestaunte sein Bruder Costa das auffällige Dreiergestirn. Begeistert und doch ein wenig verdutzt lief er auf Dimitri zu. »Ey Bruder, wie schön. Endlich seid ihr da.« Küsschen hier und da, selbst Anke und Michaela gaben sich freundlich. Dimitri war froh.

Nach einer zweistündigen Autofahrt in der sengenden Hitze kamen sie endlich erschöpft, aber noch zufrieden, bei der griechischen Familie an. In den dortigen zugewiesenen Gästezimmern richteten sich Anke und Michaela umgehend häuslich ein, während die Verwandtschaft Dimitri herzte. Anschließend wurden sämtliche griechische Spezialitäten aufgefahren und die Festtafel für das Familien-Dinner eingedeckt. Es roch köstlich. Um die bereits ungeduldig werdenden deutschen „Schönst" zu beruhigen, kredenzte Dimitri ihnen eisgekühlte Drinks. Auf weiteres peinliches Gezeter hatte er nun wirklich keine Lust. Diesen Gedanken hatte er nicht ganz zu Ende gedacht, da passierte es. Anke tönte schweißüberströmt: »Was soll das hier? Diese Hitze macht mich krank. Diese spartanischen Zimmer, wo ist die Klimaanlage? Diesen mickrigen Ventilator können sie sich sonst wohin stecken. Ich quartiere deine Griechen in Deutschland ja auch nicht in der Gefriertruhe ein, sollten sie tatsächlich mal anreisen. Scheiße alles! Klär das!« Dimitri bekam Ohrensausen vor Verzweiflung, er stotterte angestrengt: »Sch Sch Schönst, äh, musse gewöhne de Körper an warmes Land. Unde jetzt Schluss, immer unbeliebtes mache, sei dankbar. Die Helena gäbes Zeiche, könne setze an Festlichkeitstisch. Äh, wo isse de Mädchen?!« Anke grölte nach Michaela, aber ohne Erfolg, dann riss sie eine Zimmertür auf. Dort lag eine tiefenentspannt schnarchende Riesenblume. »Mein Lieblingskind, aufgewacht. Essen ist fertig, beeil dich gefälligst, sonst haben die Griechen gleich alles weggefressen.« Michaela erwachte schmatzend und stürzte sich, noch im Halbschlaf, auf den ersten freien Dinner-Sitzplatz. Als die Verwandtschaft noch einmal herzlich in die Runde grüßte, hatten Anke und Michaela bereits ihre Teller unnatürlich vollgeladen. Die beiden Grazien schaufelten, als ginge es um Leben und Tod, alles in sich hinein. Plötzlich ließ sich Anke zu einer Ansprache hinreißen! »Nun ist es aber gut ja! Nicht so viel Labern, das Essen wird kalt!« Dimitri übersetzte alles, nur nicht die Wahrheit. Ein Trauerspiel! Er lachte peinlich berührt alles unter den Teppich. Gott sei Dank verstanden seine Landsleute kein Wort von Ankes Gesülze. »Haha Helena, äh lecker alles, Moussaka pikobello hahahha äh äh.« Mutter und Tochter aßen und aßen, unterdessen lobpreiste Dimitri, in einer Endlosschleife gefangen, die Kochkünste seiner Schwester Helena. Er geriet in Ekstase. »Ähh, nur de Beste for de Familia, nur de Beste for Anke unde Micaela: Gyros, Bifteki, Metaxa, Olives. Alles Spezialität. ALLES pikobello. und de Feta äh.« Anke, die sich gerade ihren Teller zum xten Mal volllud, erstarrte. Dann schmiss sie voller Hass mit der Gabel nach Dimitri. »Duuu, ich gebe dir gleich fett äh. Erst werden wir zum Essen genötigt und dann das. Wer hier wohl fett ist!? Nicht mit uns, wir packen!« Wütend stand sie auf, Griff nach dem Arm ihrer Tochter und verließ schimpfend mit ihr die Gesellschaft. Dimitri geriet total

aus dem Häuschen. »Ähh, biete. Isse Missgeständnis, Schönst. Habes gelobt die Feta-Käs, nix Worte von fett äh.« Anke und Michaela ignorierten die Entschuldigung, nahmen es weiterhin persönlich und packten stattdessen ihre Koffer. »Wir gehen und du kommst mit, riskier es dir nicht, noch bleiben zu wollen. Kümmere dich um einen Rückflug. SOFORT.« Dimitri sank theatralisch in sich zusammen, dann wankte er verlegen auf seine Verwandtschaft zu. Er servierte ihnen folgende Version: «Oh äh, de Kinders von de Micaela sinde krank. Müsse sofort nach Germany in Haus. Ich musse mit, weil ichs binne de Hausmaster von alles äh. Danke für de Verständnisse äh.« Die griechische Familie glaubte ihm kein einziges gelogenes Wort.
Die Nacht war kurz, denn Dank der griechischen Kontakte startete der Rückflug bereits im Morgengrauen. Wie es schien, hatte die Verwandtschaft tatsächlich Himmel und Hölle in Bewegung gesetzt.

Dimitri blieb auch hier nichts erspart, der Rückflug verlief exakt wie der Hinflug- desaströs! Zuhause angekommen, verlor niemand ein Wort über die Urlaubsreise.
Alles schien wie immer:
Harry schwang Reden.
Die Hunde hatten Hunger.
Die Kinder malten Wände und Böden an.
Michaela schloss sich ein, kümmerte sich um nichts und genoss ein Wannenbad.
Anke klemmte herrschaftlich im Sessel.
Dimitri hockte in seinem Panic-Room. Dort sinnierte er, wie so oft, über sein verkorkstes sexofränes Leben. »Beklopp alles unde fett auch äh haha!«

Akropolis adieu

Bereits einen Tag später, mitten in der Nacht, überkam es Dimitri. Wochentag und Uhrzeit waren ihm völlig egal, er musste JETZT seine Urlaubserlebnisse, wenn man denn von Urlaub sprechen konnte, teilen. Seine erste Wahl fiel auf seine Tochter Sandra. Stumpf wählte er ihre Nummer. Doch Sandra und Hubi schliefen. Dimitri meckerte, wählte psychopathenmäßig die nächste Nummer: Claudia! Sein Gezeter hatte allerdings auch die Schönst geweckt, die in einem Affenzahn heranschoss, die Arme in die Hüfte stemmte und ihn fixierte. Da meldete sich Claudia am anderen Ende der Leitung. »Hallo? Dimitri, bist du das?« Dimitri versteinerte, ihm brach der eisigste Angstschweiß aller Zeiten aus. Händeringend suchte er nach einer Lösung um aus

dieser verzwickten Lage herauszukommen. Dann hatte er, so schien es, eine glänzende Idee. Künstlich sülzte er in den Hörer. »Äh äh, ti kanis Toula. Nai nai, kala kala. Äh, hahahaha. Ella ella Toula. Nai nai äh, ochi, Gyros, Buzuki. Hahahaha, Malakka äh.«
Claudia durchschaute die Situation, sie lauschte fasziniert den griechischen Pseudo-Vokabeln. Anke mischte sich ein. »Mit wem laberst du hier mitten in der Nacht? Wird das immer schlimmer mit dir? Ich glaube du musst ins Heim.« Dimitri platzte der Hals. »Äh nix Heim. Wasse willst hirr? Gäh inne Bett, da gehörst hin. Sessels und inne Bett klemme! Nix Kontrolleur! Ich bins Dolmatscher, musse jetzt spreche. GÄH!« Er ignorierte Anke und quasselte weiter ins Sprachrohr. »Äh signomi, Anke, Feta hahaha. Nai kala! Ochi, Ouzo. Äh Tzaziki, Alpha, Beta, Gamma, Omega. Gynäkologus hahaha. Nana Muskouri. Jamas äh!« Da passierte es, Anke entriss ihm den Hörer und schnauzte.

»Wollt ihr mich verarschen? Nicht mit mir, hört ihr, nicht mit mir! Wer ist da überhaupt?«

Dimitri betete. Claudia amüsierte sich, dann kramte sie ihr bestes Griechisch hervor. »Äh, Kalispera. Ti kanis. Ankes? Imiglykos, Athen. Ochi?« Anke wurde unsicher, sie schmiss Dimitri das Telefon vor die Füße. »Du und deine bekloppte Sprache. Telefoniere gefälligst leiser, dieses Gejodel hält kein Mensch aus!« Dimitri, der das Atmen vergessen hatte, japste erleichtert auf. Wie es schien, hatte seine Schönst dieses Märchen geglaubt. Claudia, die noch immer den Telefonhörer in der Hand hielt, schüttelte ungläubig den Kopf und tippte grinsend eine Kurznachricht an Sandra: Jamas! Sexofräne Dinge haben sich zugetragen. Ruf an, wenn du wach bist. Over and out :-).

Nachdem Dimitri sich vollends gesammelt hatte, klatschte er zufrieden in die Hände und schmiss sich keck, ein Liedchen auf den Lippen, auf sein Bett. »Akropolis adieu...« Anke traute ihren Ohren nicht, sie bebte vor Zorn und trat wütend die Tür hinter sich zu.

Der Morgen brach an und Dimitri schlief noch immer wie ein Stein. Anke, die nach wie vor glänzender Laune war, thronte an Michaelas Bett. Dort rüttelte sie die Schlafende wach. Ärgerlich klagte sie in epischer Breite ihr nächtliches Leid. Michaela nickte komatös und untermalte ihr Nicken mit Daumen hoch. Harry erwachte ebenfalls. Er keuchte. Verquollen zündete er sich eine Kippe an, lauschte den langweiligen Ausführungen und entschied sich, das vergilbte Schlafgemach zu verlassen. Geschichten, die nicht er selbst erzählte, langweilten ihn. Er polierte lieber mit Wampe über der Hose, inklusive selbstklebender Dauer-Kippe im Mundwinkel, seine Möchtegern-Angeber-Karre. Der Anblick trieb einem die Tränen in die Augen. Nach einer gefühlten Ewigkeit verabschiedete sich Anke. »So Michaela,

dann weißt du jetzt Bescheid. Dimitri ist bald reif.« Michaela schnarchte.
Sandra hatte mittlerweile die Nachricht von Claudia gelesen. Die beiden verabredeten sich für den Nachmittag im Dorf-Café. Bei einem Stück Kuchen wollten sie den nächtlichen Spontan-Sprachkurs ausführlich besprechen. Gemütlich hockten sie beieinander als eine sonore Stimme arrogant durchs Café plärrte und dort jegliche Stimmung vernichtete. Dirk!

Fräulein Elke, die Thekenkraft, flötete Leierkasten-Dirk entgegen. »Mein Lieber, wie jeden Sonntag Lust auf Kuchen und deine Zündi hat wieder nichts gebacken? Was darf ich dir Schönes einpacken?« Dirk hielt eine Sekunde inne. »Elke, wie lange kennen wir uns? Kuchen kommt bei mir immer ganz zum Schluss, erst einmal werde ich Energieräuber meinen Psychoschrott bei dir abladen!« Fräulein Elkes Beine gaben kurz nach, dann freute sie sich, dass das Cafè nicht voll war, so konnten nicht zu viele Gäste belästigt werden. Bühnenreif lehnte sich Dirk an die Kuchentheke, holte tief Luft, räusperte sich lautstark und begann. »Alles, wirklich alles habe ich für diese Familie getan. Aber was machen die? Pah, nehmen mich all die Jahre wie eine prallgefüllte Weihnachtsgans aus. Bis aufs Hemd, ALLES haben sie mir genommen. Und jetzt behaupten meine Schwester und meine Erstgeborene, übrigens beide Lügerinnen, das Gegenteil. Um mein Erbe haben sie mich auch gebracht. Mein Elternhaus habe ich nicht gekriegt und Onkel Sülze hat mich ebenfalls enterbt. Mir stand von Rechtswegen ja alles zu, aber das weißt du bereits liebe Elke. Ich bin so ein armer Wicht.« Elkes Kinnlade klappte, wie jeden verfluchten Sonntag, herunter. Im Café war es verdächtig still geworden, eine Zumutung. Doch Dirk ließ sich nicht stoppen, Kunden interessierten ihn nicht, was konnte es Wichtigeres geben als seine Schicksalsschläge hautnah mitzuerleben? Nichts!

»Erbschleicher, sogar mein einziger Bruder. Verräter. Ich, der einzig wahre und barmherzige Samariter. Ja, so möchte ich es in Worte kleiden! Lediglich mein Sohn, der Damian, ist eine ehrliche Haut und arbeitet sich krumm und schief. Ein richtiger Workaholic möchte ich meinen. Im Sommer, je nach Auftragslage, lockt er als Animations-Pilz verkleidet Leute in die Fahrgeschäfte und an die Fressbuden. Geistig, sowie körperlich die totale Grenzerfahrung für unseren Alleinerben. Im Winter hockt er im Glühwein-Container, das muss erst einmal einer nachmachen, und vor allen Dingen können, ha! Von nix kommt nix, oder Elke? ELKE!? Sag mal hörst du mir überhaupt zu?« Elke nickte automatisiert und murmelte »bla, bla, bla« nebenbei bediente sie die Kunden, die mittlerweile misstrauisch Dirk begafften. »Dirk, also bitte! Komm jetzt endlich zum Ende, ich muss nämlich arbeiten.« Doch Dirk dachte gar nicht daran aufzuhören. »Pah, das nennst du arbeiten? Elke, so wie

du arbeitest möchte ich mal Urlaub machen. Du bist genauso dösig wie Claudia, Sandra, Dimitri und Jörg. Dann mach`s mal gut, spätestens bis nächsten Sonntag.« Angewidert verließ Dirk, ohne Kuchen, das Cafè. Bereits im Hinausgehen zündete er sich eine Kippe an und inhalierte sie hasserfüllt, in einem einzigen heißen Zug. Dabei nuschelte er, Rauchringe ausstoßend, böse vor sich hin. Die Mädels, die alles mitgehört hatten, amüsierten sich. Dirk und seine verdrehte Welt. Sie ließen sich den Kuchen trotzdem schmecken.
Nach wie vor missgestimmt betrat Dirk sein Domizil, wo er bereits von Zündi und Schwiegermama erwartet wurde. Gierige Kuchenblicke durchbohrten ihn. »Dirk, wo sind denn unsere geliebten Tortenstücke?« Dirk wurde unruhig, dann konterte er süffisant. »Ihr Zuckerschnecken, den Kuchen hole ich selbstverständlich ofenfrisch für euch. Er wird soeben frisch zubereitet, alles bestellt. Habe noch kurz mit Elkelein gequatscht, ihr kennt das ja ha-

haha. Jetzt muss ich auch schon wieder los, damit meine Lieblings-Schwiegermutti nicht vom Fleische fällt, Zündi diese Probleme kennst du ja nicht hohoho.« Die Tür fiel ins Schloss.

Unterdessen bezahlten die Mädels den Kuchen, inklusive Sondervorstellung, und verließen die Lokalität. Sie stiegen ins Auto und fuhren Richtung Heimat. Auf dem Weg durchs Dorf entdeckten sie Dirk am Dorfgrill-Tresen. Amüsiert betrachteten die beiden das gebotene Szenario. Dirk, der offensichtlich weiter sein Leid klagend durch die Gemeinde orgelte, war knallrot angelaufen. Den Mund voll mit Pommes, predigte er wild gestikulierend auf den augenscheinlich verzweifelten Brater-Bert ein. Hupend und gröhlend fuhren sie vorbei. Diese sexofräne Familie war langsam aber sicher dem Untergang geweiht.

Griechische Sperrstunde

Dimitiri wollte mit der Außenwelt Kontakt aufnehmen. Doch nach wie vor wurde jede seiner Machenschaften von der lebensechten „Sessel-Kamera" verfolgt und kommentiert. Eine falsche griechische Bewegung genügte, schon schlug Anke Alarm. Somit war es schwierig für ihn, die Mädels zu erreichen. Zusätzlich hatte Anke ein altmodisches 80er Jahre Telefon installiert und dieses mit einem Schloss verriegelt! Vor langer Zeit hatte solch ein Telefon bereits bei ihrer Tochter Claudia für Turbolenzen gesorgt. Was sollte Dimitri also tun? Pfeifend schlich er geschäftig durch die Wohnung und suchte krampfhaft nach Lösungen. Zeitgleich kläfften sich die transsilvanischen Hunde um Kopf und Kragen. Sofort nutzte Dimitri diese ihm einmalig gebotene Chance.

»Äh, Hunds brauchte Pauer und Auslaufe, immer belle, nur inne Gartens kackte. Isse Qualle for de Hunds!« Anke peilte ihn an. »Du immer mit deinem Gelaber, dann geh doch mit den Kötern raus. Hilf mal mit, Michaela schläft und hat sonst auch genug zu tun. Aber denk an die Sperrstunde, sonst lernst du mich kennen.« Dimtri erschauerte, dann raste er im Affenzahn den Hunden entgegen, schnappte sich die Fellgiganten, sperrte sie in den Schuppen, schmiss den Schlüssel in den ungepflegten, meterhohen Rasen und sprintete los. Zügig erreichte er Jörgs Party-Ranch-WG. Die Tür stand offen, Dimitri linste hinein. Wie immer wurde exzessiv gefeiert und Peter fantasierte dröhnend, im besten Kneipenjargon, von abenteuerlichen Dingen. Dabei hatte er stets ein sexistisches Sprüchlein auf den Lippen. Der Grieche traute sich hinein und wurde sogleich von Peter mit Starkprozentigem versorgt. »Prost Dimi, komm rein, dann kannste rausgucken. Unser lecker Sabinchen ist auch mit von der Partie, hahaha.« Sabine, nach wie vor im stark angeschmutzten Braut-Dienstkleid, hockte zittrig an der Bar und lallte ungehört in Jörgs Richtung. »Ha, jetzt wollen sie in die USA auswandern, unser Kasi und seine wuchtige Familie. Der Brumme fehlen in Good old Germany die überdimensionalen Mahlzeiten und Menschen. Nur in Amerika fühlt sie sich leicht wie eine Feder. Kasi sagt auch nur Ja und Amen. Ich könnte da nicht leben! Verstecken den Alk in billigen, ranzigen braunen, widerlichen Tüten. Bah, nicht mit mir. Ich möchte es vernünftig und ordentlich, Alk über alles!« Sabine war nicht mehr zu bremsen. Dimitri wurde es zu bunt, wortlos verließ er die Ranch. Unterwegs winkte er ein Taxi herbei um sich zu Claudia gondeln zu lassen, schließlich hatte er die Zeit im Nacken. Dort angekommen, erblickte er Sandras Auto und freute sich. Ihm wurde Einlass gewährt, alles lief perfekt. Sofort fiel er mit der Tür ins Haus. »Äh Jassu

Kinders. Die Dicke is inne Land des unbegrenztes Möglichkeit. Kasi gäht mit, alles for de Familia. Ast-Gäste kotze inne Rose bei Jörgs. Peter isse Animateur for Schmarotzers unde Gerinsel. Sabine inne Brautslumpen. Äh oh oh, de Hundes inne Schuppen, Turbolenzia. Telefon verrammelt. Anke unde Micaela sinde Drahtziehers. Musse widder los inne Knast, habes totales Verbot mit euch. Darfe nix, krieges Tritt in mein griechisches Hintern. Balla balla inne Kopp. Grass isse hoch, musse lange suche. Wisste Bescheid, isse Dingesstand. Sonst alles inne Ortung. Tschuss Mädels.« Und weg war er. Die Mädels guckten sich an, es interessierte sie einfach nicht mehr.

Dimitri, noch lange nicht angekommen, nutzte ausschließlich Schleichwege. Er schlug sich durch die Gärten der Nachbarschaft, presste sich durch Zäune und Dornenhecken, bis er letzten Endes mit Blessuren übersät, auf allen Vieren polternd vorm Hundeschuppen stoppte. Im

Haus erhob sich Anke, die sich durch dieses Geräusch gestört fühlte. Sie stampfte auf den Balkon. »Grieche, was wird das da unten? Meine Sendung läuft und unten schlafen alle. Geh verdammt noch einmal mit den Kötern raus, man. Und wasch dich mal!« Dann flog die Balkontür scheppernd zu. Dimitri konnte sein Glück kaum fassen. Er federte hoch, fand die Schlüssel, ließ die Hunde in den Garten und ging losgelöst ins Haus.

Erschöpft, aber offensichtlich vom Glück verfolgt, schmiss er sich in seine Polster und genoss einen griechischen Schnaps. Schmunzelnd hing er seinen Gedanken nach.

Irgendwo in Amerika

Kasi und seine Brumme, die es mittlerweile ins Land der unbegrenzten Möglichkeiten verschlagen hatte, verließen den Miet-Container im Trailer-Park und begaben sich auf kulinarische Tagestour. Auf dem Weg in die nächste Stadt preisten bereits dubiose Straßenverkäufer ihre Mahlzeiten an. Da kannte die Brumme nichts, ihr Magen glich einem Panzer. Vom panierten Fettlappen, bishin zum fermentierten Entenei warf sie sich alles ein. Selbst die Straßenverkäufer würgten fasziniert und schlossen heimlich Wetten ab. Doch irgendwie wirkte die Brumme unzufrieden. Kasi war verwirrt. »Liebste, was ist los? Keinen großen Appetit heute? Du weißt doch, du MUSST essen! Du siehst schon ganz dürre aus. Nicht, dass du dir das Essen untersagst und das Trinken anfängst wie meine Mutter. Das wollen wir doch nicht. Also iss Schatzi. Ich bitte dich herzlich, iss.« Brumme empörte sich kleinlaut. »Maus, ich würde ja gerne essen, aber das hier wirkt alles so gesund. Ich dachte, im Land der unbegrenzten (Fress)Möglichkeiten wird ungesünder gegessen. Es muss doch irgendwo ein Frittier-Restaurant geben. Muss es doch Kasi, oder? Bitte bring mich dorthin.« Kasi begann umgehend seine Frittier-Führer-App zu malträtieren. Das Smartphone glühte. Endlich entdeckte er einen Kompromiss: das goldene M! Er präsentierte ritterlich sein Ergebnis. Brumme lief vor Begeisterung das Wasser aus allen Körperöffnungen. »What a feeling, what a day, thank you God. Great, great, great.« Ungeahnte Englisch-Kenntnisse bahnten sich ihren Weg. Euphorisch stürzte sie, nur einen Wimpernschlag später, zum M-Tresen. Kasi war stolz. »Du, mein Fremdsprachen-Ass. Wie schlau du bist, ich ahnte es gar nicht. Darauf trinken wir später einen buttrig-sahnigen Kakao. Aber jetzt hau erst deine Bestellung raus und vergiss nicht mein Hase, denk an dein Gewicht. Man muss auch manchmal ohne Hunger essen!« Brummes Augen glänzten vor Verlangen. »Three Chicken-Burger, Seven Bacon-Nugget-Burger, X Cheeseballs, X Meatballs and a Limo light please. Haha, and a Dick-Mäck for my husband.« Kasi drückte seine Fremdsprachenkorrespondentin stolz an sich. »Light? Ich bitte dich, die ist doch total ungesund Schatz. Willst du das wirklich deinem Körper antun? Komm, nimm `ne schwere Limo.« Doch Brumme liebte das Risiko und blieb bei ihrem Getränkewunsch. Wenige Sekunden später futterten sie zufrieden Berge in sich hinein. Brumme war selig. Plötzlich verfinsterte sich ihr Gesicht, sie schwitzte. Kasi geriet ebenfalls in Panik, als seine Brumme an ihm vorbeistürzte, sich über die Bedientheke wuchtete und der Fritteusen-Aufsicht an die Gurgel sprang. Gellend schrie sie dem verängstigten Mann ins Gesicht. »Du schmeißt Kartoffelschalen weg? Spinnst du? Nichts, aber auch gar nichts gehört in den Müll, sondern NUR in die Fritteuse. Ich verwerte alles. Do you understand?« Die Aufsicht bebte vor Angst und hatte bereits unbemerkt Meldung gemacht. So geschah es, dass Brumme samt Ehemann zum Ausgang geleitet wurden. Das Menü ging dabei scheinbar aufs Haus. Brumme war extrem begeistert. Glücklich schlenderten sie nach Hause. Auf dem Weg dorthin kehrten sie im Supermarkt ein, denn schließlich war der Tag noch lange nicht zu Ende und der Kühlschrank war leer. Also landeten Erdnussbutter, Chips, Nougatbomben, Zuckerwatte und mehrere Sahnetorten, für spätere Spielchen, im Einkaufswagen. »Kasi, denk an den Kanister Light-Limo, das Zeug regt ja richtig den Appetit an.« Kasi schlug sich mit der Hand an die Stirn. »Unbedingt meine Mächtigste.«

Zuhause im Container angekommen, ging alles ganz schnell. Kasi und Brumme zogen sich Hausanzug-Strampler an und erklommen das Giga-Sofa. Verstohlen blickte Kasi zu seiner Frau, die bereits fast den sämtlichen Einkauf vernichtet hatte. Brumme bemerkte seinen Blick. »Hasi-Kasi, esse ich vielleicht doch etwas zu viel? Ups, jetzt ist schon fast alles in meinem Bäuchlein. Du tust immer alles für mich, machst den Haushalt und alles und ich fresse irgendwie nur. Kann das sein?« Doch Kasi wischte ihre negativen Gedanken weg. «Ach was, alles ist perfekt so. Wir wollen dein Leben doch so gemütlich und stressfrei, sozusagen bewegungslos wie möglich gestalten. Marathonläufe waren gestern haha. Also iss und mach dir keinen Kopf, sexy Hexi. Denn gleich haben ich, die Sahnetorte und dein Bauchnabel noch eine Verabredung höhöhö…«
Spät in der Nacht wurden sie aus ihren kulinarischen Träumen gerissen. Das Te-

lefon schrillte. Kasi meldete sich verschlafen.

»Hello?«

Am anderen Ende der Leitung lautstarke Partybässe.

»New York, Rio, Tokio….dibbedibbedu.«

»Mutter?«

»Soooohn?«

»Was ist los?«

»PARTYYYY.«

»Gute Nacht Mutter!«

Für Kasi und Brumme stand fest, zurück nach Hause gingen sie niemals mehr. Wohlig rülpsend schliefen sie wieder ein.

Bling Bling

Festlich gekleidet, mit diamantenbesetzten Manschettenknöpfen versehen, stieg Dirk aus seiner Limousine. Super gelaunt stelzte er dem Diskounter-Eingang entgegen, griff sich einen Einkaufswagen und entsperrte diesen mit einem vergoldeten Einkaufs-Chip. Dabei summte er übertrieben laut »Money, Money, Money... Honey, Honey, Honey... « und hoffte, möglichst viele Bekannte zu treffen. Da erblickte er Jörg, der gerade dabei war, sich vor ihm zu verstecken. Dirk brachte sich in Position. »Bruderherz, lange nicht mehr gesehen. Mein Kleiner, warum haben wir zwei Schönen eigentlich keinen Kontakt mehr?« Wirkungsvoll reckte er Jörg die Ghetto-Faust entgegen. Jörg ignorierte diese Albernheit, ließ aber trotzdem das Geschwafel über sich ergehen.

Mit aufgesetzter sonorer Bühnenstimme blökte Dirk seinem Bruder, und auch allen anderen Kunden, seine Vorhaben entgegen. »Wo wir gerade dabei sind, mir geht es ausgezeichnet, sozusagen fantastisch. Wir haben sehr schwer geerbt. Du musst wissen, wir gehören nun zur Upper-Class. Du darfst also froh sein, mich zu kennen! Hahaha. Autogramm folgt, hahaha. Demnächst lasse ich mir auch noch die Fußnägel vergolden, hahaha. Und Zündi bekommt jetzt auch endlich das, was ich, äh sie, verdient. Ein neues Gesicht! Dr. Mango von der Baggersee-Klinik "hier nehmen sie Gestalt an" wetzt schon das Skalpell, hahaha. Er hat zu einer ästhetischen OP-Flatrate geraten. Wäre viel zu tun, sagt der Mann, hahaha. Und mein Thronfolger Damian kann nun endlich sein Pilz-Kostüm an den Nagel hängen. Ich eröffne für ihn ein Edelpilz-Lokal. Hahaha. Und meiner Tochter Michaela finanziere ich ein Nail-Art Studium.« Jörg glotzte seinen Bruder fassungslos an. »Das freut mich ungemein. Geld war schon immer dein Thema und einziges Lebenselixier. Dann kannst du auch endlich deine Schulden bei deinen Gläubigern begleichen. Claudia und ich bekommen noch einige Scheine von dir, erinnerst du dich?« Dirk wechselte sämtliche Körperfarben. »Wie meinen? Wo ich nun stinkreich bin, wollen wieder alle was von mir? Typisch. Ich, der gutherzige Geber und Gönner. Dann mach es gut du Judas, auf Nimmerwiedersehen!« Selbstverliebt drückte er Jörg zum Abschied einen Zehner in die Hand. »Sollst auch nicht leben wie ein Hund. I made your day.« Dann rauschte er goldbehangen ab. Jörg spendete den Euro-Schein für einen guten Zweck, ihm war schlecht. Noch am selben Tag telefonierte er mit den Mädels um von seinem Diskounter-Besuch zu berichten. Claudia und Sandra lachten. »Jörg, die kannst du alle vergessen. Demnächst wird Dimitri 90, da werden wir ihm noch anstandshalber persönlich zum Geburtstag gratulieren. Ansonsten lassen wir uns von dieser Familie nicht mehr krankmachen.« Jörg verstand und widmete sich wieder seiner weiblichen WG-Mitbewohnerin. Sabine schien den Hauseingang nicht zu finden. Wie von Sinnen drehte sie sich mit wehendem Brautkleid und einem Einkaufswagen im Kreis. Jörg konnte sie stoppen und sorgte dafür, dass sie erholsamen, gedächtnisfördernden Schlaf bekam.

Heiße Steine

Dimitri hatte Geburtstag. Die Mädels machten sich auf den Weg um ihm persönlich zu gratulieren. Am Ort der Fremdbestimmung und Finsternis angekommen, läuteten sie an der Haustür. Leichtes Unbehagen machte sich bei Sandra und Claudia breit. Gepolter und Schritte kamen näher. Dimitri öffnete die Tür. Sein Gesichtsausdruck änderte sich von freudiger Überraschung in totale Selbstaufgabe, gespickt mit einer Prise Todesangst. Sie begrüßten ihn. »Alles Liebe und Gute zu deinem Ehrentag.« Da tönte es auch schon aus der oberen Etage. »Was poltert da so? Höre ich da Stimmen von ungebetenen Gästen?« Dimitri sprang auf die Mädels zu und fachsimpelte zurück. »Äh, Schönst alle guts. Klingelsstreicht von de Kinders.« Dann drängte er die Mädels wortlos durch die Kellertür. »Äh, seide mucksmausleise, wartes

hirr bisse Luft isse frisch, äh.« Er verriegelte die Tür und machte sich an seinem Ehrentag auf, um seine Anke zu belustigen. Derweilen sinnierten die Mädels über ihre verzwickte Lage und die furchterregende Familie. Irgendwann begab sich Sandra auf Keller-Entdeckungsreise. »47 Tonnen Reis gammeln hier rum, aber nicht ein verdammter Keks! Wann gedenkt mein Vatter eigentlich wiederzukommen. Warum hocken wir eigentlich im Keller? Das ist doch ein Irrenhaus!«
In der oberen Etage spielte sich parallel Unvorstellbares ab. Um sich Zeit zu verschaffen, bot Dimitri seiner Schönst eine Hot-Stone-Ganzkörper-Massage an. »Äh wertes Anke. An mein Geburtsstund sollst du Geschenke bekomme. Äh, so jetze maches dich frei, unde läge dich in Position aufs Erd. Stoss gleiches dazu, äh.« Anke machte zur Feier des Tages eine Ausnahme und schälte sich aus den Klamotten. Dann wartete sie ebenerdig auf den Griechen und das Wellness-Programm. Diesen kurzweiligen Moment nutzte Dimitri aus. Im Turbogang schoss er nach unten, riss die

Kellertür auf, packte die Mädels und katapultierte sie vor die Haustür. »Äh, lauerts Gefahr. Musste weg, keine Wort mehr. Tschuss äh.« Danach eilte er hinauf, schmiss der Schönst die Steine auf den Rücken, goss großzügig Öl darüber und verabschiedete sich. »Äh müsse einwirke, bessers stundenlangs, bisse bald, Adios.« Halbwegs entspannt schwang er sich in seinen heißgeliebten Panik-Raum, zündete sich eine Zigarre an und sprach beruhigend zu sich selbst. »Zufrieden, zufrieden, äh.«

»ZUFRIEDEN?!?« Wütend richtete sich Anke auf, entölte sich so gut es ging, klemmte sich in ihren Sessel und genoss die Ekel-Alfred-Show.

Die Mädels hakten sich gegenseitig unter und waren sich einiger als je zuvor. Diese Familie war Geschichte.

Äh, Osternfestival

Zuhause bei „Dimitris" waren die Ostervorbereitungen in vollem Gange. Anke glotzte in Klemmsitzposition dem rasenden TV-Hasen hinterher und schüttete tütenweise Waffeleier in sich hinein. Dabei vergaß sie natürlich nicht, ihren Dimitri zu observieren. Dieser war schwer damit beschäftigt die österlichen Kochinstrumente blitzeblank zu schrubben, damit das Kochprogramm starten konnte. Er war voller Vorfreude. Dosenöffner und Mikrowelle erstrahlten in vollem Glanz. »Äh Schönst, alle pikobello. Bereitschaft for köstlichs Öster-Menü. Wers schälte de Erdäpfels? Micaela? Isse schonst fertig oder wasse?« Anke erhob ihre Stimme. »Du griechischer Tyrann, was willst du? Zur Osterfeier des Tages schläft Michaela ausnahmsweise einmal aus. Also lass das Kind in Ruhe, die muss nämlich gar nichts! Und wer hat eigentlich was von Kartoffeln gesagt? Träum weiter und freu dich auf Dosennudeln. Oder gibst du einen aus, sofern du überhaupt noch Geld hast, du Warmduscher hahaha?« Dimitri ging kurz in sich. »Äh, wasse Dusche du Psycho-Schönst. Geldregens? Kaufte immers ein mit meine Geld. Schränke voll und immers fresse inne Kaufhäuser, überall frisste mein massivste Frau. Trägste mein Geld an deine Körpers. Immers TV, Galonens Eis, Kübels voll mit Süßkrams. Beschädigte Person, krankes Frau. Besser weniger esse, Nudels auch nix gesund. Musse aufpasse, Herz unde Kürbis gehen in Schrott äh. Kommste Intensivstadion unde Heim, Ende äh.« Anke prustete und hustete, sie lief blutrot an. »Du laberst nur Müll und du bist so schwierig. Geh doch zu Claudia und Sandra, das sind die Allerschwierigsten, friss mit diesen Lügnerinnen dein Oster-Menü! Die hätten dich ja auch einladen können, aber haben sie früher schon nicht gemacht. Alles haben wir ausgegeben, jedes Fest wurde bei uns gefeiert. Ich habe gebacken und gekocht für diese Sippe. Also los, ruf doch bei deiner Tochter an, machst du doch sonst auch, obwohl ich es strikt verboten habe. Ich weiß alles, oder glaubst du allen Ernstes du könntest dich in diesen vier Wänden frei bewegen, du dämlicher Zyklop. Hau besser ab, bevor ich ausfallend werde. HAHAHA« Teuflisches Gelächter dröhnte durchs Haus, Anke war in Bestform. Dimitri konnte und wollte nichts erwidern, solch einen Schwachsinn hatte er schon lange nicht mehr gehört, innerlich flippte er aus.

Plötzlich stand Michaela in der Küche. Mit verquollenen Schlaf-Schlitzaugen zündete sie sich eine Zigarette an. Sie dampfte gähnend vor sich hin und sprach. »Dimitri, hast du an Ostern nichts zu tun? Wir haben Hunger und ich habe das Einkaufen verpennt. Also, wann ist das Essen fertig? Gibt's auch Nachtisch?...man, immer dieser Stress.« Da war es soweit, Dimitri konnte sich nicht mehr zurückhalten. »Äh, beweg dein dickes Hintern und kümmerste dich selber, koche, putze, alles. Nur immers schlafe, faules Familia. Harry nur inne Bette und Märchenerzählung. Heißes Luft, nix mehr!« Michaela, die von Haus aus sehr kritikfähig war, brach in ein hysterisches Geschrei aus. »Mami, Hilfe. Ich werde schikaniert. Meine über alles geliebte schönste Frau Mama, der Grieche spricht so komisch mit mir. Ich verstehe gar nichts, was hat das alles zu bedeuten? Hilfe! Ich glaube ich muss mich hinlegen...« Sie hatte ihr Geschwafel noch nicht ganz zu Ende geschauspielert, da gab Dimitri ihr einen galanten Tritt in den mächtigen Allerwertesten und schob sie Richtung Ausgang. »Äh, ich helfes dir gleich. Du faules Schlafzimmer. Heulste zu Mami, biste alte Frau musste schneiden Nabel ab. Nixe Mami, raus hirr. Komme erst widder, wenn deine Kopp is gesund und erholt äh.« Bromms, knallte er die Tür zu. Von diesem finalen Rauswurf bekam Anke nichts mit. Sie föhnte sich derweilen, lautstark schimpfend, ihr Haupthaar österlich in Form. »Scheiß Fön, Scheiß-Grieche, Scheiß-Mädels!« Dimitri nutzte die Gelegenheit und stürzte zum Telefon, um den Mädels frohe Ostern zu wünschen. Nun, eigentlich wollte er Dinge sagen, wie: Äh frohe Osternfestival, hirr isse widder dickes Luft, ich habes Kontaktsperrung, rufes heimlich an. Schönst erzähltes nur Lügen, krankes Frau. Michaela unde Anke steckens unter eine Heizdecke, beobachte mich, musse vorsichtig sein. Meldes mich, wenn gäht. Also bittes nicht Wunder. Jetze feiere ichs Osterhasenfest, auch griechisch. Feiers rund um die Uhrzeit, wochenlange. Meldes mich widder. Alles inne Ortung hahaha, äh…

Er griff also nach dem Hörer, wählte Sandras Nummer. In dem Moment als Sandra sich meldete, erblickte Dimitri eine näherkommende massive Gestalt. Panisch tat er, was er tun musste und schrie »Osterfest!« dann legte er auf.

Chickeria

Anke verspürte ein leichtes Hungergefühl. »Dimitri, wie sieht es aus? Fahr mal langsam los und hol was vom Flattermann-Grill-Mobil, oder ist das schon wieder zu viel verlangt? DIMITRI? Ich spreche mit dir!«
Dimitri schreckte vom Sofa hoch und begann sofort automatisiert mit dem Schuhanzieher zu hantieren. Ganz nervös wurde er schon wieder, da schrie Anke erneut. »Meine Güte, wie lange dauert das denn? Du hättest schon längst wieder da sein können. In dieser Zeit hätte eine einzelne Frau ganz Afrika bevölkert. Man man man!« Motzend ließ sie sich in ihren Klemmsessel fallen. Dimitris Blutdruck stieg. Heute verzichtete er einfach auf festes Schuhwerk, stattdessen stülpte er sich seine Hüttenstrumpfpantoffeln über, stieg ins Auto und brauste Richtung Hähn-

chenmobil-Station. Auf dem Parkplatz angekommen wollte er soeben *gekonnt* einparken, da erblickte er zu allem Übel Arndt. Er wurde noch nervöser, Anke hatte ihm doch eindringlich ein absolutes Kontaktverbot zum Mädels-Clan erteilt. Und, sollte er dieses missachten, so würde er sein individuelles, auf Maß geschneidertes, griechisches blaues Wunder erleben! Ein überaus ernst zu nehmendes Versprechen. Dimitri zitterte. Sein Hirn ratterte. Was sollte er tun? Zuerst drückte er erst einmal feste aufs Gas. Unkontrolliert fuhr er immer schneller werdend im Kreis. Arndt amüsierte sich aus der Ferne und bestaunte die Stunt-Show. Dimitri raste und raste, sah aber kein Entkommen. Plötzlich unterbrach er seinen Drift und fuhr schnurstracks mit schleifender Kupplung vom Parkplatz. Panisch bemerkte er, dass er die Hähnchenmahlzeit vergessen hatte und fuhr umgehend zurück. Hektisch parkte er ein und begrüßte Arndt atemlos. »Äh de Junges Arndt, äh! Musse

Chickeria kaufes Hahn, binne Zuständigkeit für Leibeswohl. Keine Zeit Junges, musse eilen zu Schönst. Läbes wohl äh.« Er packte sich die Hühnertüte, eilte im Sauseschritt davon und rief noch einen Abschiedsgruß. »Ähhh, nächste Mal treffes bei de Mädels nä äh. Bisse dann.« Arndt grinste und winkte.

Als Dimitri Zuhause ankam, wurde er warmherzig begrüßt. »Ich wollte schon eine Vermisstenanzeige schalten. Treibst du es wie immer auf die Spitze? Gib die Tüte her, nicht, dass ich noch unfreundlich werden muss. Übrigens, deine komische griechische Familie rief eben an. Herrgott bring denen mal die deutsche Sprache bei. Ich habe natürlich sofort wortlos aufgelegt, die spinnen wohl!« Genussvoll biss sie dem wehrlosen Flattermann in den Flügel. Der Grieche drehte fast durch. Hähnchen-Grill, Anke, Griechenland, Sippe, Arndt, Verbote…oh Gottegott, was hatte Priorität?! Während Dimitri seinen wilden Gedanken nachhing, vertilgte Anke bereits den zweiten Hahn. »Wer nicht will, der hat schon.« Dimitri war der Appetit vergangen, stattdessen schnappte er sich das Telefon und verzog sich in seinen Raum. Dort telefonierte er ausgiebig mit Griechenland. Solange, bis Anke mit ihrem Teleskop-Besenstiel an die angrenzende Zimmerwand schlug. Der Raum erzitterte. »Du Blödmann, leg auf! Was unterhältst du dich mit denen? Du hast doch sonst auch nichts zu sagen. Du legst jetzt SOFORT auf, hast du verstanden?« Da knallte Dimitri wütend den Hörer auf die Gabel und baute sich vor seiner Schönst auf. »Äh, du unhöflichst Frau. Mitte Besen wie alte Hex. Isse Veränderunge in Griechenland. Notfall, hörste zu. Isse Wohnung frei, musse hin äh. Binne auch de Hausmeister in Griechenland, müsse plane und guckes. Flieges hin, äh.«

Anke beäugte den Griechen schmatzend und verstand nichts. »Was willst du? Mach doch einfach!« Dimitri grinste über beide Backen, hatte Anke ihm tatsächlich die Absolution erteilt? Er durfte Dinge entscheiden? Er durfte alleine nach Griechenland fliegen und die Wohnung seiner verstorbenen Tante begutachten, die sie ihm vererbt hatte? Donnerwetter. Gedanklich war er bereits unterwegs, doch zuerst rief er seine Tochter an. »Äh, balde isse Ruhe in Kartons. Habes eigens Wohnung äh. Musse nach Griechenland. Anke sagte isse inne Ortung unde frisste alles auf. Selbst isse de Manne äh. Packes Sachen unde du unde Claudias kaufte Eintrittskarte for Hafen for mich äh.« Sandra ließ diese Informationen sacken, dann wiederholte sie. »Habe ich das richtig verstanden, du hast in Griechenland von der Tante die Wohnung geerbt und nun möchtest du tatsächlich mit deinen zwei linken Händen und den nicht vorhandenen handwerklichen Fähigkeiten in Griechenland neu durchstarten? Wir sollen die Flugtickets besorgen und Anke erlaubt das alles?! Soso...Wann kommst du denn zurück?« Sandra schmunzelte. Dimitri überlegte kurz. »Nä äh genau! Ich meldes mich morgens widder, nix umgedreht verstande?! Widderhöre.« Dann legte er, wie so oft, einfach auf.

Und wie immer tauschten sich die Mädels aus, kümmerten sich um Tickets und warteten gespannt auf den morgigen Anruf von Dimitri.

Wer ist Toula?

Die Mädels hatten alles gebucht und arrangiert, nun warteten sie gespannt auf Dimitris Anruf. Dieser erfolgte prompt, pünktlich zur Geisterstunde. Sandra war vorbereitet.
»Vatter! Wir haben alles für dich gebucht. Schon morgen geht es los. Das passt doch super, haben deine Schönsten nicht genau dann ihren Motz- und Badetag?«
Dimitri geriet aus dem Häuschen.
»Äh, Kinders. Pikobello! Wasse motze? Natürlichst entscheides ich alles selber. Maches Urlaub was ich will, binne kein I-Mann unde gäh in erste Klass! Haha äh.«
»Ist ja gut Vatter. Wir wissen doch wie es ist, kein Geheimnis. Jedenfalls kommt der Zubringer pünktlich um 15 Uhr vorgefahren. Er hat alle Unterlagen dabei, du musst nur einsteigen.«

»Äh, fantastico! So musse das laufe, mein Sachenbearbeiterkinders. Meldes mich, wenn in Griechenland binne, mache dann alles gut. Widderhöre äh.« Das »ja sicher Vatter" hörte er da schon nicht mehr. Dimitri war glücklich und beschwingt. Beseelt verbrachte er den restlichen Tag. Am Abend wollte er seiner Schönst von den bevorstehenden Reiseplänen berichten, doch Anke hatte kein Gehör für den Griechen. Stattdessen schimpfte sie und bewunderte Alfred, der, wie so oft, in der Flimmerkiste vor sich hin ekelte. »WIE OFT NOCH GRIECHE? Wie oft noch, nur so ungefähr? Maul halten und sie zu, dass du Land gewinnst!« Dimitri schockierte nichts mehr, er schob es auf die „Wechselzeit von Hormons". »Äh, oh Schönst binne dabei. Regel alles isse ja gut. Kaudaum läuft.« Er hauchte einen Kuss in die Luft und ging singend Koffer packen, während Anke sich, wie hypnotisiert, ihrem TV-Idol widmete.

Am nächsten Tag zur Mittagszeit: überschwänglich verabschiedete sich Dimitri von seinen beiden Schönsten, die gerade dabei waren ihre Hass-Wellnesstour zu starten. »Äh Fräuleins, gutes aufpassen! Viel Wasser unde warmhalte. Isse gefährlichst Flug binne mutig. Adio äh.« Michaela schnaufte verächtlich. »Maaamaaa, was will der Mann schon wieder? Kmm endlich.« Sofort kam Anke herbeigeeilt und schnappte sich ihre Lieblingstochter. Eingehakt, Dimitri komplett ignorierend, stampften sie dem kühlen Nass entgegen. Michaelas Laune glänzte. Endlich konnte sie sich - mal wieder - nur um sich kümmern. Harry war mit seinen Eltern vollstationär in der Zahnklinik untergebracht, Kinder und Hunde bei ihrem Ex. So musste das sein!

Auch Dimitri war erleichtert über diese überaus problemlose und wortkarge Verabschiedung. Fröhlich kontrollierte er noch schnell das Gröbste. Er verriegelte Türen, entlüftete alle Heizkörper, drehte sämtliche Glühbirnen heraus und stellte das Wasser ab. Alles im Namen der Sicherheit. Erfreut über seine Taten griff er das Gepäck und eilte zum Zubringer. Er schmiss sich in den Sitz, klatschte in die Hände und genoss die eigene Meinung und Selbstbestimmung. Er richtete sein undeutliches Wort an den jungen Fahrer. »Äh, mein Names is Dimitri, sage Dimi meine Freund. Holes gleich Ouzo. Dann wir trinken Bruders! Iche binne gutes Beispiel, binne Hausmeister, keine Warmdusche! Haha äh, darfe mal alleine raus, musse feier!« Der Fahrer guckte amüsiert, dann startete er den Motor. Fröhlich blickten beide ihrem Ziel entgegen. Unterwegs wurde ein weiterer Gast abgeholt. Ein weiblicher Gast! Zu Dimitris größter Freude handelte es sich dabei um eine Landsmännin. Toula, die ihren Sohn in Deutschland besucht hatte, flog nun zurück in die Heimat. Dimitri war Feuer und Flamme.

»Äh, nähmes Platz, junges Oma. Oh lala äh. Beste Sitzläders hirr. Qualität feinst. Gemütlichkeit!« Dimtiri mutierte zum Lederpolsterfachverkäufer. Toula lächelte. Ihr Ex-Mann war ein Tyrann, da hatte sie nichts zu lachen. Sie knuffte Dimitri in die Seite und so fuhren sie beglückt weiter zum Flughafen. Wie es der Zufall wollte, saßen die beiden im Flieger nebeneinander! Sie quasselten, die Zeit verging sprichwörtlich wie im Flug. Am Zielflughafen angekommen tauschten sie die griechischen Adressen aus und trauten ihren Augen nicht. »Wir sind ja sozusagen Nachbarn!« Sie freuten sich wie Teenager.

In Deutschland: voll von Zorn fuhren die Wellness-Hass-Hasen hungrig nach Hause. Sie wunderten sich, dass das Haus in völliger Dunkelheit vor ihnen lag. Auch innen funktionierte weder Licht noch Wasser. Michaela kreischte und schluchzte. »Alles ist kaputt, Maaamaaa Hilfeeee!« Anke grunzte böse. »GRIECHE?! Sie zu, dass das wieder läuft und wirf den Grill an, hier funktioniert ja sonst nichts. Wo läufst du wieder rum? Dimitri, ich warne dich...« Ihr Schimpfen wurde durch das Klingeln ihres Handys jäh unterbrochen. Freundlich nahm sie das Gespräch an. »Welcher Idiot stört mich? Grieche?« Ein leises Hüsteln, dann »äh, meines Sportsrakete...« Weiter kam Dimitri nicht, Anke fauchte ihm ins Ohr. »Beweg deinen faltigen Hintern und quatsch nicht dösig rum. Wir wollen essen, bring Kartoffelsalat und ein Fass Mayonnaise mit. Wo läufst du überhaupt alleine rum?« Da wurde es dem Griechen klar, hier stimmte irgendwas ganz und gar nicht. Anke hatte scheinbar nichts begriffen. »Schönst, weißte doch. Habes jetze Land unde Marionetten-Wohnung mit Stufe gewonne! Musse kümmern. Viel warm hirr unde nettes Frau, de Toula, kochte for me. Ganze schönst, schlanke unde kluges Frau. Kann alles, ich darfe sogar sprechen äh! Isse sonnig in Gemüt unde inne Herz.

Gleiches Alter wie du Schönst, aber achte besser. Schönes Person, immers Arbeit, nix Sesselklemme, fleißigst Grashopper. Exquisit äh.«
Bedrohliche Stille.
„Zum allerletzten Mal du Spinner. Wo du bist fragte ich und wann kommt der Salat?« Das Maß war übervoll, Dimitri traute sich. »Äh, wo iche bin? Ich sages dich, binne andere Stelle von de Globus, binne Griechenland! Und ich esses gleich frisches Moussaka von meines Flug-Toula. Ha, da könntes alle gucken äh!«
Anke überlegte kurz, beglotzte ihr Handy-Display und tatsächlich, eine griechische Nummer wurde angezeigt. Das konnte doch wohl nicht wahr sein. Sie war schockiert über so viel Selbstbestimmung. Eine Frechheit war das! Schmollend und fast ein wenig hilflos legte sie auf. Doch der Eindruck war nur von kurzer Dauer. »Michaela, komm wir bestellen uns Pizza und machen uns einen kuscheligen Mutter-Tochter-Abend. Soll der Grieche doch

bleiben wo der Pfeffer wächst. Keinen Blassen wo er tatsächlich steckt, er will jedenfalls erstmal dort bleiben…irgendein doofes Weibsbild läuft da auch rum. Seine Schwester glaube ich, die bekocht alle. Apropos, was soll auf die Pizzen? Salami, Schinken, Speck, Doppelt-Hollandaise, Sahneguss und vierfach Käse mein liebes Kind? Jumbogröße?«

Michaela sabberte. »Ja sicher Jumbogröße, frag doch nicht so dumm! Und vergiss nicht, die Schokolade für unseren 10 Liter Schoko-Obstbrunnen einzuschmelzen. Du kennst uns doch, eine gesunde Obstmahlzeit muss sein.«

Anke und die Cholesterinwerte gerieten in Ekstase. Nachdem der letzte Krümel verdaut war und Anke gesättigt im Sessel hing, begann sie leichte Zweifel zu hegen. Irgendwie schien sie die Kontrolle über Dimitri zu verlieren und das schmeckte ihr gar nicht. Kurzzeitig darüber außer Fassung geraten, wählte sie die notierte griechische Display-Nummer. Es klingelte

endlos. Dann meldete sich eine Frauenstimme. Eine Frauenstimme!?
»Jassu«
Anke wurde bleich vor Entsetzen.
»WER IST JASSU?«
Toula, zu der die Frauenstimme gehörte, wechselte in die deutsche Sprache.
»Schönst, bist du das? Bereits viel von dir gehört?«
Anke stockte der Atem.
»Das kann ich mir vorstellen, du Weibsbild! Wer bist du und warum gehst du an dieses Telefon? Ich höre!«
»Ich bin Toula, die Nachbarin und Freundin. Wir kochen gemeinsam. Netter Mann, ganz nett. Verstehen uns, reden über Gott und die Welt, über Ex-Ehen, einfach alles. Wir spenden uns gegenseitig Trost, wenn sie verstehen…«

Anke verschlug es die Sprache, perplex klemmte sie mit Hörer am Ohr im Sitzmöbel und starrte an die Decke.

»Frau Anke? Noch da? Wie auch immer, ich muss jetzt auch weitermachen. Dimitri und ich verbringen gleich einen gemütlichen Abend, er duscht noch schnell. Darf ich was ausrichten?«
Anke erholte sich vom ersten Schock. » Ja, du darfst ihm ausrichten, dass er gerne ersaufen kann! Der kranke Grieche kann nämlich gar nicht schwimmen, ha. Der kann eigentlich nichts, GAR NICHTS hörst du. Aber jetzt darfst du diesen Pflegefall betreuen, viel Spass dabei. Um mich kümmert sich mal wieder niemand, ich bin wieder das Opfer ha.« Einen kurzen Augenblick dachte Anke sie hätte die Fäden wieder in der Hand, dann vernahm sie Gelächter am anderen Ende der Leitung. Toula hatte das Telefon auf laut gestellt! Plötzlich richtete Dimitri seine letzten, gewichtigen Sätze an die Schönst. »Äh so, ziehes jetze Schlusslicht! Krankes Person, jetze Ruhe. Anwalt machte Feierabend mit dir. Sagte auch biste Furie. Ich bleibes hirr, nur übers meine Leich kommes zu-

ruck. Bleibes bei meine geliebte Seeleschwester Toula.« Endlich war sein devoter Knoten geplatzt. Anke keuchte und legte in ihrer Ehre gekränkt auf. Natürlich sprach sie umgehend bei Michaela vor. »Kleine, der Grieche spinnt! Der lässt mich doch glatt, völlig grundlos im Stich. Was habe ich nicht alles für ihn getan! Mit alten Frauen macht er rum, unfassbar. Ich rufe erst einmal den Schlüsseldienst an und lasse alle Schlösser tauschen. Der muss nicht meinen, dass er wiederkommen kann pah! Dieser lüsterne Sex-Tourist, ich wusste schon immer, dass der nicht normal ist. Ich lasse mich jedenfalls gleich morgen scheiden. Michaela was sagst du dazu? Kindchen?«

Michaela schlief.

Schleifen-Verdreher

Während Dimitri und Toula sich im geliebten Heimatland die Sonne auf die Pelze brennen ließen, war Anke in Trauer. Ihre Schwester war nach langer Krankheit nun doch relativ plötzlich dahingeschieden. Das hielt sie trotzdem nicht davon ab ihren Noch-Ehemann aus der Ferne unter Druck zu setzen. Zornig wählte sie die griechische Festnetznummer. Dimitri meldete sich, es folgte eine hochinteressante Diskussion.
»Ähhh wasse is?"
»Ich gebe dir gleich wasse is! Sieh zu, dass du nach Hause kommst. Alle sterben und du treibst dich in fremden Ländern mit leichten Frauen rum!«
»Hastes rechts. Toula isse prerfekt leichtes Feder. Wiegte 60 Kilogramms meine neue Schönst.«

»Du griechischer Heiratsschwindler!!! Michaela und ich trauern wie verrückt. Die Mädels interessiert ja so oder so nichts mehr. Ich sage nur, die werden noch alle an den Film „Solange es Menschen gibt" denken, ha. Aber dann, dann ist es zu spät! Da muss dann keiner mehr meinem Sarg hinterherlaufen. Ich, die immer gut war und alles gegeben hat! Das ist nun der Dank! Also beweg du deinen Ars.. nach Hause.«

»Wasse for Film äh? Bin inne Haus. Kommste von Höckschen aufe Stöckschen. Äh, andres Leut haben andres Meinung, isse mornal. Du biste nich Mutter Iglesias unde Barmherzigest. Nene, biste gemein. Aber jetze isse Bestimmung vorbei! Bestelle bei de Fleumops Schales mit Schleifesband. Muss genug sein. Flug isse viel Strapaz für totes Körper. Kümmerst dich bessers um eigene Nase, kapito äh?«

»Das war KEINE Frage hörst du! ANTANZEN sage ich!«

Dimitri blieb stark, er wuchs über sich hinaus.

»Äh, du sexofrän, kaufte besser Roboters, kannste Wüscheprogramm tippen. Ich binne kein Wursthans mehr! Ich habes griechische Wurzels, gutes Körpersgen. Toula sagtes auch, binne Adonis äh! So, musse nun Fleumops rufe unde amüsier mit Toula. Adios ähhh.«

Anke war maßlos überfordert, denn außer den Mädels hatte es bisher niemand auf Erden gewagt ihr den Marsch zu blasen oder zu wiedersprechen. Geschweige denn, überhaupt eine andere Meinung zu äußern! Und so sollte es auch gefälligst bleiben. Sie hatte sich ja nun wirklich nichts, aber auch überhaupt nichts, vorzuwerfen.

Dimitri machte seine Ankündigung tatsächlich wahr und bestellte telefonisch ein Blüten-Trauer-Arrangement. Die Floristin gelangte bereits an die Grenzen ihrer Freundlichkeit.

»Ja doch, Herr Dimitri so machen wir das. Alles gut, ja doch. Die Blumen haben wir nun endlich in aller Ausführlichkeit besprochen. Was soll denn auf die Schleife gedruckt werden? Und bitte fassen sie sich kurz...«

»Äh kurz? Ne äh, besser langes Schleif. Solles stehen: Äh, biste verrückt, so frühe gäh und scheids aus de Läbe. Grüsse deine Mutters und Bruders. Adios.«

Die Blumenfrau war dabei die Beherrschung zu verlieren. »Herr Dimitri, ich wiederhole mich ungern. Das geht so nicht! Also, was zur Hölle soll auf der verdammten Schleife stehen???«

»Äh, schönst Fleumops haste Bohns inne Ohr? Musse besser aufpasse inne Beruf. Lerne und Höre isse A unde J inne Läbe, dann verstehste äh. Aber jetze passe auf for de Text: Äh, passe besser aufe Körpers auf inne nächst Läbe. Abers jetze ruhes in Frieden und gruß in de Himmels. Mir unde Toula gehte gut. Moussaka pikobello, de Lebensqualität isse hoch. Bisse balde äh.«

Die Floristen gab sich geschlagen, der Kunde war schließlich König. Und so bedruckte sie die skurrilste Schleife der Begräbniswelt.

Während der gesamten Trauerfeier mimte besonders Michaela den unehrlichsten Trauerkloß aller Zeiten. Warum gerade sie andere Mitmenschen der Heuchelei bezichtigte blieb ungeklärt. So hatte sie von der Tante zwar überaus gerne über Dritte Geld und Geschenke in Empfang genommen, die persönlichen Verabredungen jedoch immer vergessen. So passierte es, dass das Tantchen stets vor verschlossenen Türen stand. Aber das war okay, Michaela und Frau Mama durften das, der Rest nicht.

Nach der Beerdigung wurden sämtliche Gebinde zur Grabstelle getragen und aufgetürmt. Aufgebracht über Dimitris Fernbleiben, nahmen Michaela und Anke umgehend nach dem Trauer-Kaffee die

Grabdekoration in Augenschein. Natürlich war ihr gemeinsamer Kranz der pompöseste, größte und teuerste auf dem gesamten Friedhof. Und dieser Kranz musste natürlich alles unter und neben sich begraben. Vier Friedhofsgärtner waren nötig um dieses sperrige Monstrum zu bewegen. Wären die Gärtner diesem Befehl nicht nachgekommen, so hätte die Beerdigung nicht stattfinden dürfen. Angewidert erblickten die beiden die, in ihren Augen überaus lächerliche, Blumenschale von Dimitri. Sie griffen sich das Teil, rissen die Endlosschleife ab und verbannten die heuchlerische Schale in die hinterste Ecke. Dann rieben sie sich die Hände, hakten sich unter und marschierten unzufrieden wie immer nach Hause.

Die Mädels, die sich in der Nähe des Grabes hinter einem Lebensbaum in Sicherheit gebracht hatten, übersahen die beiden Sonnengemüter gänzlich.

Moussaka vs. Möhren-Hölle

In letzter Zeit war es ruhig geworden. Keine stressigen nächtlichen Anrufe, keine Schreckensnachrichten, mit denen die Mädels belästigt wurden. In einem Wort: herrlich!
So verbrachten Claudia und Sandra die neue Lebensphase damit, einen Mädels-Urlaub zu planen. Ein sonniges Plätzchen wäre nicht schlecht, am liebsten so, wie damals in Katerini! Sie schwelgten bereits in Erinnerungen. Da mussten, sogar aus dieser Entfernung, Dimitri die Ohren geklingelt haben. Sandras Telefon läutete.
»Hallo?«
»Äh! Toula isse Königin, kann Sterne koche, fantastico! Leckerst. De Meer isse klar unde warm. Lebensqualifikation steigte, isse Paradies.«

»Welche Freude Vatter, auch Hallo. Es ist also alles super bei dir in Griechenland? Wer ist denn eigentlich Toula?«

»Toula äh isse Seelenfreundin unde küsste und kochte superst. Exquisit! Tolles Frau, kein böse Wort. Immers fleißig Biene, keine Sesselklemme. Pikobello! Moussaka isse best. Ihr müsste komme. Uns isse engal, wir sinde in Ruhezustand. Wir zahles Fluch, sagter Bescheid, wann komme! Moussaka stehte frisch bereit fürs euch. Adio äh.« Wumms, aufgelegt. Sandra lachte, offensichtlich hatte ihr Vater gerade die Urlaubsplanung übernommen. Super! »Claudia, pack deine sieben Sachen, wir haben eine Einladung nach Griechenland bekommen, sogar Nähe Katerini! Besser geht es jawohl nicht, der große Grieche hat uns eingeladen. Wir können buchen, er zahlt.« Die Mädels hüpften vor Begeisterung im Kreis.

Am nächsten Tag verabredeten sie sich im Reisebüro, dort brachten sie alles unter Dach und Fach. In drei Tagen ging es schon los! Die Koffer wurden gepackt. Natürlich durfte der Gedächtnis-Klimperschmuck nicht fehlen und irgendwie war die heutige Mode ähnlich schrill wie damals.

Ihre Männer, Arndt und Hubi, brachten die beiden zum Flughafen. Sie fanden ebenfalls, ihre Frauen hatten sich diesen Trip verdient. Trotz Sandras Flugangst kamen sie gesund und munter am griechischen Flughafen an. Dort wurden sie mit Pauken und Trompeten empfangen. Dimitri trillerte Aufmerksamkeit erregend auf einer Pfeife und hielt ein Schild hoch, auf dem in großen Lettern stand:

MÄDELS ÄH, WILLE KOMME

Die beiden konnten sich vor Lachen kaum halten, Dimitri hatte den Vogel wiedermal abgeschossen. Belustigt steuerten sie zur Begrüßung auf den Griechen zu, dann stiegen sie mutig in Dimitris geerbten Geländewagen. Leider hatte sich sein Fahrstil nicht geändert, aber der Weg war – Gott sei Dank- nicht weit.

Stolz präsentierte Dimitri sein neues Anwesen, was sich wirklich sehen lassen konnte, und seine Toula, die gastfreundlich Moussaka servierte. Hungrig futterten die Mädels los. »Unglaublich hier, leckeres Essen –keine Möhren-Hölle-, tolles Haus, toller Pool, tolle Frau, beeindruckende mediterrane Atmosphäre. Von wegen Marionetten-Wohnung haha!« Die Mädels fühlten sich pudelwohl. Bei einem Glas eisigen Frapè ließen sie den Abend ausklingen. Glücklich und erschöpft schliefen sie im Himmelbett ein. Am nächsten Morgen wurden sie von der Sonne und dem Duft von frischem Kaffee geweckt, sie sinnierten. Dimitri hatte es doch tatsächlich geschafft, sich aus der Hölle der Löwinnen zu befreien und ein neues Leben in seinem Heimatland zu beginnen. Irgendwie gönnten sie es ihm, aber vor allen Dingen gönnten sie es sich … ;-)

Over & Out

Dimitri konnte es drehen und wenden wie er wollte, er konnte einfach nicht über seinen bürokratisch korrekten Schatten springen. Ein letztes Mal wollte er zurück nach Deutschland um seiner Noch-Schönst in die wütenden Augen zu blicken und die Scheidung sauber zu vollziehen.
Zur mentalen Unterstützung sollte er von Toula begleitet werden. Zuvor allerdings wollte Dimitri seinen Besuch ankündigen. So sei es. Er griff zum Hörer und wählte nervös Ankes Nummer. Es klingelte, dann nahm sie schnaufend das Gespräch an und brüllte ihm eine gehässige Begrüßung entgegen. Dimitri schüttelte sich, dann hauchte er untertänigst zurück. »Äh Jassu Sesselklemme, musste geben büromatische Autogramm unde dann isse erledigt de Desaster, äh. Wasse sagste? Alles

schönst, äh okay, aha aha.« Aufgeregt lamentierte er vor sich hin. »Äh, de Toula kommte mit, machste kein Komplikation hörste, Toula isse Aufpasser for me, danke danke pah.« Ankes Puls raste, sie stand kurz vor einer Explosion. »ICH UNTERSCHREIBE GAR NICHTS! Wozu auch du Heiratsschwindler? Will ich mich trennen? Nein! Sieh zu, wie du das regelst, deine blöde Tussi kann ja unterschreiben, hahaha. Ich freue mich schon auf euren Besuch haha.«

Zack, aufgelegt.

»Hast du alles klären können?« rief Toula aus dem Schlafzimmer. Nebenbei legte sie bereits Reiseutensilien zurecht. Dimitri plusterte sich verzweifelt auf. »Isse verruckt, Furia! Gibte nix Autogramm äh. Musse mache mitte Zwang äh?«

Toula versuchte beruhigend auf ihn einzuwirken. Zuvorkommend kredenzte sie ihm Eiscafè und ein paar warme Worte. Doch Dimitri war kaum zu bändigen. Die Angst vor Ankes Unberechenbarkeit übermannte ihn. Er steigerte sich in die Opferrolle hinein. »Immers nur klemmte for de Alfred im Sitz, nur böse Worts, isse mieses Peter, machte keine Gefalle, wirfte Steine for de Fuß, machte extra. Isse wie Terrorist. Gehen alle in Schrott. Toula du musste drucke auf Türgong äh.« Dimitri steigerte sich fiebrig in die Situation hinein, da haute Toula auf den Küchentisch. »Mein Lieber, es reicht! Wovor hast du solche Angst? Wir schaffen das schon!« Dimitri beantwortete Toulas naive Zuversicht mit hysterischem Gelächter. »Haha äh äh, du erläbste blaues Wunders. Wartes ab, sages dir, Spektakelos inne Haus. Sexofränes Domizil. Aber biete, mach äh. Hahaha…«

Toula ließ sich nicht erschrecken, unbeirrt ging sie ein paar Reiseeinkäufe erledigen. In der Zwischenzeit regte sich der Grieche tatsächlich ab. Er betete zum Heiligen Vater und hoffte, dass sich doch noch alles zum Guten wenden würde. »Äh Jassu, S O S, S O S großes heiliges Respektperson,

biete helfes in de große Notfalls äh. Dankes dir, Adios. Aber biete nix vergesse äh!« Als Toula zurückkehrte, sprang ihr Dimitri erfreut entgegen. »Widders alles gut äh. Jetzt binne ich frommes Lamm. Morgen isse großes Tag, binne müde. Gutes Nacht äh.« Toula gab ihm einen Gute-Nacht-Kuss, räumte noch ein wenig auf, dann legte sie sich ebenfalls schlafen.
Der nächste Morgen: frisch geduscht, bestens gelaunt und ein fröhliches Liedchen auf den Lippen schnippte Dimitri mit den Fingern und versprühte pure Lebensfreude. Über Nacht hatte er sich scheinbar regeneriert. Toula freute sich. Wenige Minuten später saßen sie im Taxi und fuhren zum Flughafen. Zwei Stunden später saßen sie im Flieger und genossen die noch entspannte Atmosphäre. In Deutschland gelandet wurden sie von den Mädels in Empfang genommen und zum Anke-Anwesen kutschiert. Alles war minutiös geplant, denn bereits am Abend sollte es zurück nach Griechenland gehen. Der

Grieche wollte sich nicht länger als nötig in Ankes Dunstkreis bewegen.
Als sie das Ziel des Schreckens erreichten lag spürbar Panik in der Luft. Dimitri begann zu transpirieren. Die Mädels konnten sich das Grinsen kaum verkneifen. »Nun los und immer daran denken, ihr seid denen haushoch überlegen.« Toula ging vor, Dimitri stand kurz davor den Verstand zu verlieren. Ohne lange zu überlegen drückte sie mutig den Klingelknopf. Keine Reaktion, obwohl von innen Gepolter zu hören war. Dann wurde ein Fenster lautstark aufgerissen und ein monströser Blumentopf sauste haarscharf an Toula und Dimitri vorbei. Erschrocken blickten sie nach oben. Dort lauerte Anke grinsend am geöffneten Fenster und zirpte honigsüß. »Asoziale lasse ich generell nicht ins Haus.« Dann knallte sie das Fenster zu. Wie vom Donner gerührt standen Toula und Dimitri da. Die Mädels blickten sich dankbar an. Zum Glück hat-

ten sie mit solchen Tyranneien nichts mehr am Hut.

Dimitri und Toula wurden aus ihrer Starre gerissen, als Harry mit seinem Auto hupend in die Hofeinfahrt schoss. Vollbremsend kurbelte er die Scheibe herunter, Rauchschwaden entwichen und vernebelten die Einfahrt. Hustend zündete er sich die nächste Zigarette an und keuchte. »Ey Grieche, feg mal fix die Scherben vom Hof. Bist du blind oder was?!« Unterstützend eilte Michaela herbei. Sie schob die Beiden unsanft und schreiend vom Hof. »Mami unterschreibt NICHTS und jetzt runter vom Hof. Sofort!« Harry qualmte Fragezeichen in die Luft. Dimitri und Toula gaben sich geschlagen, sie stiegen zu den Mädels in den Wagen.

Während Anke sich eingeklemmt ihrem Ekel-Programm widmete, versprachen sich Dimitri und Toula, auch ohne offiziellen Trauschein glücklich miteinander zu werden.

»Äh, zu de Anke und Co, da kriegter mich keine zehn Esels mehr bei. Alle SEXOFRÄN, äh.«

*Ende

Sexoklopädie

Alkomatisiert	alkoholisiert
Animations-Pilz	Mensch im Pilz-Kostüm
Balch	Leib
Bromms	eine griechische Erfindung
Dolmatscher	Dolmetscher
Fleumops	Fleurop
Geograf	Erdkunde
Gynäkologus	Gynäkologie
I-Mann	I-Männchen (Einschüler)
Jägermeisters	„voll wie ein Amtmann"
Jassu	griechisch Hallo
Kaudaum	Countdown
Kittchen	Gefängnis
Kopsterbolter	Überschlag
Lebensqualifikation	Lebensqualität
Lumpengerinsel	Lumpengesindel
Marionetten-Whng.	Maisonette-Wohnung
Missgeständnis	Missverständnis
Moussaka	griechischer Auflauf
Mutter Iglesias	Mutter Theresa
Osternfestival	Frohe Ostern
Qualle	Qual
Roffelte	ähnlich: Grunzen
Ruhezustand	Rente

Schlusslicht	gemeint ist: Schlussstrich
Seeleschwester	Seelenverwandte
Sessel-Kamera	Anke
Sexofrän	man weiß es nicht genau
Synapsen-Friedhof	unterbelichtete Person
Schizologe	Nervenarzt
Schlafittchen	Kragen
Stänkern	böse schimpfen
Tippelbrüder	Landstreicher
Transil	Transsilvanien
Wuppen	schaffen

Zukunftsratgeber

für fiktive Menschen wie:

Anke

Stift hinters Ohr und notieren! JEDER Mensch, ausnahmslos, darf leben wie er möchte, nicht so wie es dir vielleicht gefallen könnte. Feiertage, Geburtstage, Jubiläen, Namenstage sind besondere Tage für viele Menschen, verdirb es doch nicht jedem, weil dir die Freude fehlt! Dass du keine Kompromisse eingehst, gemachte Fehler nicht zugibst und am allerliebsten jeden und alles nach deinem Gusto kontrollieren willst wissen wir. Wir wissen auch, dass viele andere genau unserer Meinung sind, sich aber zurückhalten, da die Konfrontation lediglich zu einer niveaulosen Eskalation deinerseits führen würde. Also, nötige weiterhin dein Umfeld, deine Oberbetten und deinen Klemmsessel, oder du kehrst einfach mal vor deiner eigenen Tür, bevor du andere angreifst. Danke für dein Verständnis, und bitte, wir helfen gerne.

Dimitri
Dein Dialekt bleibt speziell und einzigartig. Jeder wie er es will und verdient oder? Und du/ihr wolltet es unbedingt! Du bist zusammen mit deiner Schönst über Leichen gegangen, Tochter und Enkelin wurden als Lügnerinnen bezeichnet. Im Beisein von Anke hast du nie deine eigene Meinung gesagt, noch heute hast du Angst selbstständig zu denken, leben etc.! Doch Dank Toula hast du irgendwie die Kurve bekommen. Viel Glück euch! Äh…

Michaela
Eine trittbrettfahrende Schnarchnase macht sich gesellschaftlich nicht sehr beliebt. Es wäre zukünftig schön, einfach erwachsen zu werden und sich auch dementsprechend zu verhalten, anstatt ungerecht zu werden. Auch hat fremdes Eigentum weder in deinem Kopf, deinem Auto

oder in deinen Händen etwas zu suchen! Wir hätten auch für diesen schwachen Charakter Lösungsvorschläge...immer gerne.

Harry
Sorry, who the Fuck is Harry?
In unseren Kulturkreisen werden Typen wie du belächelt. Bierbauchig, Dauerkippe inhalieren, überall Badelatschen tragen und ununterbrochen von sich erzählen, kommt nicht besonders gut an. Aber auch für dich gilt, wir helfen gerne.
Übrigens, Adressenregister von Dentisten aus ganz Deutschland können ebenfalls bei uns angefragt werden, überhaupt kein Problem, trau dich!

Sülzes
Denken wir an Kuchen und Marmelade kommen Kindheitserinnerungen auf. In unseren damaligen glänzenden Kinderaugen wart ihr die netten Reichen. Aus heu-

tiger Sicht seid ihr allerdings nur noch arm.

Zündi 48
Wir ziehen wirklich den Hut vor dir - Chapeau.
Du hast es geschafft! Jahrzehnte ohne Arbeit, einfach mal die Beine baumeln lassen. So lässt es sich leben.
Aber mit Dirk und Damian an deiner Seite ist es wohl auch nicht immer leicht. Der eine sammelt Pilze und Gräser, der andere fremdes Geld und Lorbeeren. Das Leben ist so ungerecht.

Dirk:
Applaus, Applaus, Applaus! Zeit deines Lebens hast du dich überwiegend wie ein glitschiger Aal durchs Leben gewunden. Du hast andere benutzt oder fallen lassen, wie es dir genehm war. Deinen einzigen sicheren Job hast du auch nur durch fremde Hilfe ergattert. Du hast wirklich Talent, du bist gerade so, wie man dich

braucht. Also gib gerne weiterhin fremdes Geld aus, schmücke dich mit fremden Federn und wälz dich in deinem Egoismus, aber hör auf, Gott und die Welt damit zu belästigen. Kritik und Ratschläge waren immer dein größter Feind, somit haben wir für dich leider keine Lösung.

Damian
Abrissbirne, Pilzesammler, Scheitelseitwurf-Gewinner und Allwissender, um nur einige treffende Umschreibungen zu nennen. Bereits viele vor uns warfen das Handtuch, wir auch!

Sabine
Ach wäre das schön, rund um die Uhr und um den Globus, zu feiern. Aber das lässt sich leider nicht zu deiner Zufriedenheit machen. Denn, wie du als starke Geschäftsfrau sicher weißt, man hat Verpflichtungen. Doch die nimmst du nicht mehr ernst, stattdessen steigt dir mit wachsender Promillezahl eine Arroganz zu Kopf, die freiwillig nicht auszuhalten

ist. Sorgen nimmst du nicht ernst, stattdessen „Hoch die Tassen". Das ganze Dorf spricht über dich und deine langen, ungepflegten Fußnägel. Also reiß dich zusammen und lass dir helfen.

Jörg
Du hast von Vornherein einen Sympathiepunkt, du bist auf deine Weise zwar speziell, aber im Gegensatz zu allen anderen, stehst du dazu. Du redest nichts schön, du kennst die „Sexofränen". Nach der Trennung von Sabine hofften wir, dass jeder von euch den richtigen Weg findet. Leider wurde es ein beidseitiger Holzweg. Mach trotzdem das Beste daraus, wir sehen uns!

Kasimir
...oder der Hanswurst in allen Lebenslagen?
Täglich müssten deine Mutter und deine Brumme vor dir dankbar auf Knien rutschen. Mein Gott, lass die Frauen auch mal was tun −außer Essen und Trinken!

Grundgütiger! Manchmal braucht man einfach jemanden, der einem den Spiegel vorhält Natürlich auch hier, sehr gerne geschehen.

Brumme
Schäm dich. Niemand kann sich malen, aber wie konnte es soweit kommen? Dafür möchten wir am liebsten eine Erklärung. Warum bewegst du dich nie, nicht einmal zum Gruße? Warum muss alles Kasimir machen? Wir geben zu, wir sind sprachlos.

Peter
Sauna- und Partyhengst. Weiter so!

Das Wort zum sexofränen Sonntag

Schluss mit Streitigkeiten, sinnlosen Erklärungen, Lügen, Anschuldigen und Psycho-Müll. Schluss mit der Gier, Neid und der ewigen Missgunst. Man darf mutig sein, sich seines eigenen Verstandes bemächtigen und sich auch von „der Familie" lösen.
Heute ist das Leben großartig. Es ist unbeschwert und man darf sich sogar die (Familien)Menschen aussuchen, mit denen man dieses Leben lebt. Die Mädels freuen sich, und wenn dann noch die Sonne scheint, wie damals, unter dem Kirschbaum im Garten auf der Decke, mit einem Glas Saft aus richtig erwachsenen Schnapsgläsern....

was kann es Schöneres geben?

Danke

an alle lieben Menschen, die wir kennen und kennenlernen durften!

Die Anzahl unserer Neider bestätigt unsere Fähigkeiten.

(Oscar Wilde)